Das Buch
von den
Hobbits

DAVID DAY

DAS BUCH
von den
HOBBITS

ILLUSTRATIONEN VON

LIDIA POSTMA

AUS DEM ENGLISCHEN VON
HANS HEINRICH WELLMANN

Gerstenberg Verlag

Für Alan und Jean Day zu ihrem fünfzigsten Hochzeitstag
und für Brian und Mariette Day zu ihrem zehnten Hochzeitstag

Die Deutsche Bibliothek – CIP-Einheitsaufnahme
Das Buch von den Hobbits / David Day. Ill. von Lidia Postma.
Aus dem Engl. von Hans Heinrich Wellmann. – Hildesheim: Gerstenberg, 1997
Einheitssacht.: The hobbit companion <dt.>
ISBN 3-8067-2824-0

Aus dem Englischen von Hans Heinrich Wellmann
Die Originalausgabe erschien 1997 unter dem Titel *The Hobbit
Companion* bei Pavilion Books Ltd., London
Text Copyright © 1997 David Day
Illustrationen Copyright © 1997 Lidia Postma
Buchgestaltung: Wherefore Art?
Deutsche Ausgabe Copyright © 1997 Gerstenberg Verlag, Hildesheim
Alle Rechte vorbehalten
Satz bei Uhl + Massopust, Aalen
Printed and bound in Hong Kong
ISBN 3-8067-2824-0

97 98 99 00 01   5   4   3   2   1

Inhalt

I. *Am Anfang war das* WORT

Am Anfang war das Wort »Hobbit«. Es entstand 1930 an einem schicksalhaften Sommernachmittag in Oxfordshire. Es war nicht eigentlich ein erfundenes Wort, aber niemand hatte es bis dahin so verwendet wie Professor J. R. R. Tolkien, als er es in seinem Arbeitszimmer in der Northmoor Road 20 in einem Vorort von Oxford auf ein Stück Papier kritzelte.

Das Wort »Hobbit« sollte für Professor Tolkien bald die gleiche magische Bedeutung gewinnen wie die Formel Hokuspokus für einen Zauberer. Tatsächlich hat kein anderes Wort den Geschichtenerzähler Tolkien je wieder so inspiriert.

Die meisten Autoren erschaffen eine Gestalt und erfinden dann einen Namen für sie. Professor Tolkien ging umgekehrt vor. Für ihn waren es immer die Wörter selbst, die Personen und Kreaturen, Rassen und Arten, Handlungen, Landschaften und ganze Welten schufen.

Denn J. R. R. Tolkien war vor allem ein Gelehrter, der sich dem Studium der Wörter gewidmet hatte – ein Philologe – und einer der Herausgeber des berühmten *Oxford English Dictionary*. So wurden Wörter in seinem schöpferischen Werk zur Hauptquelle seiner Inspiration.

Das trifft besonders auf sein neues Wort »Hobbit« zu.

Was wissen wir wirklich über die Ankunft des Tolkienschen »Hobbit«? Oberflächlich gesehen, nicht viel. Tolkien selbst berichtet uns über den Augenblick, in dem das Wort entstand. Es klingt so, als sei ein unangekündigter, anonymer Brief – ohne Poststempel und Absender – in seinen Briefkasten gefallen.

»Soweit ich mich erinnere, begann *Der kleine Hobbit* damit, daß ich am Schreibtisch saß und Prüfungsarbeiten korrigierte – eine der sich ständig wiederholenden, langweiligen Aufgaben, die mittellosen Akademikern mit Kindern Jahr für Jahr auferlegt werden. Auf ein leeres Blatt kritzelte ich: ›In einer Höhle in der Erde, da lebte ein Hobbit.‹ Ich weiß bis heute nicht warum.«

Die menschliche Phantasie ist ein komplexes und seltsames Ding: eine Mischung aus Unsinn und Magie. Üblicherweise weigern sich Autoren und Künstler, die mit Kreativität gesegnet sind, über die Phantasie nachzusinnen. Aber Tolkien war auch ein Wissenschaftler, und er wußte tatsächlich eine ganze Menge über die Kräfte, die den Hobbit und seine Welt gestalteten. Viele Jahre nach Erscheinen des Buches schrieb er ausführlicher über das, was sich ereignet hatte.

»Einer der Prüfungskandidaten hatte glücklicherweise ein leeres Blatt mit abgegeben (das beste, was einem Prüfer bei dieser Gelegenheit passieren kann), und ich schrieb darauf: ›In einer Höhle in der Erde, da lebte ein Hobbit.‹ Namen erzeugen immer eine Geschichte in meinem Geist. Schließlich dachte ich, es sei besser, einmal herauszufinden, was Hobbits eigentlich sind. Aber das war erst der Anfang.«

Tolkien sagte es also selbst: Am Anfang war das Wort – »Hobbit«. Und wenn er schreibt: »Schließlich dachte ich, es sei besser, einmal herauszufinden, was Hobbits eigentlich sind«, sehen wir deutlich, wie sein kreativer Geist arbeitete. Viele Autoren reden davon, Gestalten zu erschaffen, aber wenn jemand Tolkien nach Personen (oder Rassen, Dingen oder Orten) befragte, die benannt, aber in seinen Geschichten noch nicht Fleisch geworden waren, pflegte er unweigerlich zu sagen: »Ich will versuchen, mehr darüber herauszufinden.«

Das heißt, Tolkien verhielt sich so, als existierte die Gestalt (oder das Ding oder der Ort) bereits in einer Art Parallelwelt, wo sie nur darauf wartete, entdeckt und minutiös beschrieben zu werden. J. R. R. Tolkien sah seine Aufgabe als Schriftsteller nicht darin, Schöpfer zu sein, sondern vielmehr Erforscher und Chronist einer bereits bestehenden Welt, die nur noch nicht Sprache geworden war.

Dieses Buch ist ein Versuch, die inspirative Kraft der Sprache zu erforschen. Es wird davon ausgegangen, daß der gesamte Korpus von Texten, die sich mit den Hobbits beschäftigen, im wesentlichen das Produkt

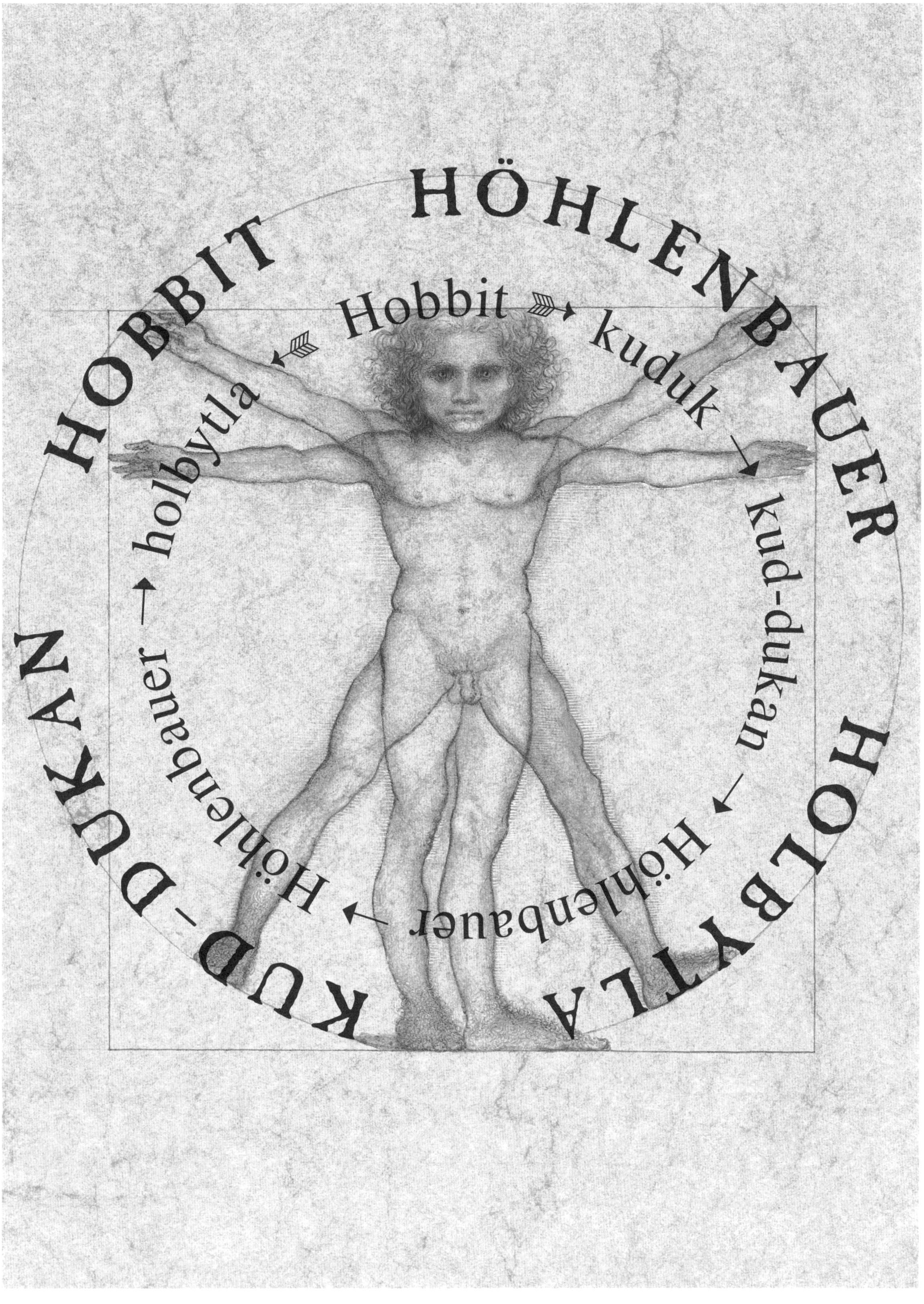

HÖHLENBAUER

HOBBIT

HÖHLENBAUER

KUD-DUKAN

HOLBYTLA

Hobbit

kuduk

holbytla

kud-dukan

holbenbauer

Höhlenbauer

Höhlenbauer

einer Assoziationskette um das Wort »Hobbit« ist. Die Erfindung des Wortes »Hobbit« führte zur Erschaffung der Gestalt, der Rasse und der Welt der Hobbits.

Wenn damit der Eindruck erweckt wird, es handele sich hier um eine seltsame Form kreisförmig in sich geschlossenen Denkens, so ist genau das beabsichtigt. Tolkien erfindet einen philologischen Ursprung des Wortes »Hobbit« als verballhornte Form des ursprünglich erfundenen Wortes »holbytla« (eigentlich ein altenglischer Begriff), was soviel wie Höhlenbauer bedeutet. So ist die Anfangszeile des *Kleinen Hobbit* ein versteckter lexikographischer Scherz, eine beabsichtigte Tautologie: »In einer Höhle in der Erde, da lebte ein Höhlenbauer.«

> ☞ *»In einer Höhle in der Erde, da lebte ein Hobbit.«*
> Hobbit → Höhlenbauer

Wem dies noch nicht schlüssig erscheint, möge sich das heutige englische Wort »hole« (Höhle, Loch) anschauen, das vom altenglischen »hollow« abgeleitet ist, welches wiederum auf das althochdeutsche Wort »hol« zurückgeht.

Nicht zufrieden mit dieser in sich geschlossenen Ableitung, komplizierte Tolkien die Sache noch dadurch, daß er behauptete, das Wort »Hobbit« sei als in Vergessenheit geratene Form von »holbytla« von den Hobbits selbst nicht benutzt worden. In ihrer eigenen Sprache hätten sie sich als »kuduk« bezeichnet, eine verballhornte Form von »kud-dukan« – wörtlich Höhlenbauer –, gotische Begriffe, die Tolkien von dem prähistorischen deutschen Wort »khulaz« ableitete.

Und hier schließt sich der Kreis, da das Wort »khulaz« wiederum der Ursprung des althochdeutschen »hol«, des altenglischen »hollow« und des neuenglischen »hole« ist.*

In diesem Buch werden wir zahllosen Beispielen begegnen, die Zeugnis von Tolkiens seltsamem philologischen Humor ablegen, aber mehr noch zeigen, wie ihm seine Besessenheit von Wörtern und Sprache zu einer ständigen Quelle kreativer Inspiration wird.

»In einer Höhle in der Erde, da lebte ein Höhlenbewohner.« ☞
☞ *»In einer Höhle in der Erde, da lebte ein Hobbit.«*

Mitte: Bungo Baggins,
Erbauer von Bag End und
Sohn von Bilbo Baggins

*Als wäre das noch nicht kompliziert genug, fügte Professor Tolkien einige weitere Faktoren hinzu: Von den Menschen und Elben unterschieden sich die Hobbits nicht so sehr durch die Höhlen, die sie bauten, sondern vor allem durch ihre Größe (da sie halb so groß wie Menschen waren, wurden sie als Halblinge bezeichnet). Daher: Kuduk (Hobbit) in der Hobbitsprache bedeutet Periannath (Volk der Halblinge) im Sindarin der Elben, was sich auf Perian (Halbling) im Sindarin der Elben bezieht; das wiederum bedeutet Banakil (Halbling) im Westron der Menschen und führt zurück zu Hobbit (Kuduk) im Englischen.

II. *Wörterbuch-*
HOKUSPOKUS

In den meisten englischen Wörterbüchern steht Tolkiens Zauberwort »Hobbit« direkt hinter dem Wort »hoax«, das ursprünglich eine verkürzte Form des Zauberworts »Hokuspokus« war. Jetzt bedeutet »hoax«: Trick, Streich, erfundene Geschichte.

Das ist kein Zufall. *Der kleine Hobbit* ist schließlich nichts anderes als eine erfundene Geschichte. Tolkien hatte sich große Mühe gegeben, diese Geschichte als Übersetzung eines alten historischen Manuskripts auszugeben und sich offensichtlich ein Vergnügen daraus gemacht, dem Leser auf diese Weise einen literarischen Streich zu spielen.

Und das ist ihm gelungen. Denn wenn wir »Hobbit« herausnehmen und uns die dreizehn Wörter anschauen, die – von »hob« bis »hobo« – auf »hoax« folgen, ist unschwer zu erkennen, daß Tolkien sich von dieser einfachen Liste zu fast allen Charakterzügen inspirieren ließ, die seinen Hobbit auszeichnen.

Dieses Zurückgreifen auf eine Liste von Wörtern zur Gestaltung eines Charakters ist typisch für Tolkiens kreative Logik und läßt sich als philologischer Scherz verstehen, der an Reichtum und Ausmaß seinesgleichen sucht.

Wenn wir unsererseits »Hokuspokus« sagen und das Wörterbuch beim Wort nehmen, können wir uns auf eine Reise begeben, die genauso abenteuerlich zu werden verspricht wie jene, die im Roman ein Hobbit mit dreizehn Zwergen antrat: Hob, Hobble, Hobbledehoy, Hobbler, Hobby, Hobbyhorse, Hobgoblin, Hobiler, Hobit, Hoblike, Hobnail, Hobnon und Hobo. Alle dreizehn Zwergennamen haben mehrere Bedeutungen und fast alle sind Homonyme (Wörter, die ähnlich lauten, aber verschiedene Bedeutungen und nicht miteinander verwandte Ursprünge aufweisen). Und jeder von ihnen hat einen Beitrag zur Erschaffung und Entwicklung der Hobbits und ihrer Welt geleistet.

Wer das bezweifelt, möge einen Blick in das *Chambers Concise Dictionary* werfen und nachschlagen, wie hier der Begriff »Hobbit« definiert wird:

»Hobbit – Angehöriger einer Rasse imaginärer höhlenbewohnender Wesen von halber menschlicher Größe mit behaarten Füßen. Erfunden von J. R. R. Tolkien in seinem Roman *The Hobbit,* 1937.«

Eine Rasse imaginärer Wesen: Ein Hob ist eine Märchengestalt, ein Elbe, ein imaginäres Wesen.
Von halber menschlicher Größe: Ein Hobbledehoy ist ein Knirps, halb Mann, halb Knabe.
Höhlenbewohnend und mit behaarten Füßen: Ein Hob ist ein männliches Frettchen – halb domestizierter Raubmarder, der gehalten wird, um Kaninchen aus ihrem Bau zu vertreiben (d. h. ein Höhlenbewohner mit behaarten Füßen, der andere Höhlenbewohner mit behaarten Füßen aus ihren Hohlen vertreibt).

Wenn das nicht überzeugend ist, versuchen Sie sich daran zu erinnern, was Sie über Hobbits wissen, und prüfen Sie, ob die dreizehn Wörter, die auf »hoax« folgen, nicht doch etwas mit ihren Wesensmerkmalen zu tun haben. Schauen wir uns diese Wörter daraufhin an, was sie uns sonst noch über unsere imaginären Hobbits verraten können.

Das Wort Hob sagt uns, daß Hobbits Hügel und Höhlen bewohnen und halb so groß wie Menschen sind.

Hügelbewohner: Hob geht auf das ursprünglich niederdeutsche Wort *hump* zurück, was Hügel bedeutet.
Höhlenbewohner: Hob ist ein Geist, der Hügel ausgräbt, um darin zu wohnen. Alte Hügelgräber werden oft als »Hob' s Houses« bezeichnet.
Von halber menschlicher Größe: Hob oder Hobmen ist der Artenname für die in der Regel gütigen Hobs

oder Brownies – menschenähnliche, behaarte und etwa drei Fuß große Höhlenbewohner.

Die Wörter Hobnob, Hobbyhorse und Hobble verraten uns, daß die Hobbits gern trinken, tratschen, tanzen und Rätsel aufgeben.

Vorliebe für geistige Getränke und Tratsch: Hobnob bedeutet miteinander trinken und tratschen.
Vorliebe für den Tanz: Hobbyhorse ist ein mittelalterlicher Moriskentänzer.
Vorliebe für Rätselfragen: Hobble heißt verblüffen.

Die Wörter Hoblike, Hobnail, Hobble, Hobbyhorse und Hobby sagen uns, daß die Hobbits rüpelhaft, bäuerisch, stur, launisch und exzentrisch sind.

Rüpelhaft: Hoblike bedeutet flegelhaft.
Bäuerisch: Hobnail ist ein ungehobelter, tölpelhafter Mensch.
Stur: Hobble heißt Schwierigkeiten bereiten.
Launisch: Hobbyhorsical heißt grillenhaft, launisch.
Exzentrisch: Ein Hobbyist ist jemand, der sich angenehmen, exzentrischen und oft sinnlosen Tätigkeiten hingibt.

Melilot Brandybuck

Die Wörter Hobby und Hobit verraten uns, daß Hobbits Wurfschleudern sowie Pfeil und Bogen zu verwenden wissen und scharfäugige Schützen sind.

Scharfäugig: Hobby geht auf das französische *hobet* und das lateinische *hobetus* zurück. Beide Wörter bezeichnen einen kleinen Jagdfalken.
Wurfschleudern: Hobit ist eine Haubitze oder ein Katapult.
Bogenschützen: Hobit ist mit dem walisischen *hobel* verwandt, was Pfeil heißt.

Die Wörter Hobgoblin und Hobbiler sagen uns, daß Hobbits Royalisten und Elbenfreunde sind.

Elbenfreunde, Orkfeinde: Hobgoblin heißt wörtlich Elbe (Hob-)Goblin (Ork).
Loyale royalistische Soldaten: Hobbiler ist ein leicht bewaffneter mittelalterlicher Krieger, der seinem Fürsten den Treueid geleistet hat. Er kämpfte selten in der Schlacht, wurde aber oft zu Erkundungsaufgaben eingesetzt.

Die Wörter Hobbiler, Hobbler und Hob verraten uns, daß Hobbits Bauern, Fluß- und Waldleute sind.

Harfoot Hobbits (Harfüße) sind Bauern: Hobbiler ist ein feudaler Pachtbauer und Krieger.
Stoor Hobbits (Starre) sind Flußleute: Hobbler ist jemand, der ein Schiff mit einem Seil vertäut – entweder am Ufer oder an einem anderen Boot.
Fallohide Hobbits (Falbhäute) sind Waldmenschen: Hob oder Hob-i-t-hurst ist ein Brownie oder Waldelbe.

Das Wort Hobo sagt uns, daß die Hobbits einmal eine Rasse wandernder Landarbeiter waren.

Hobbits in den Wanderjahren: Hobo ist jemand, »der umherzieht und Arbeit sucht«.
Hobbits als Ackerbauern: Hobo geht auf das Wort »Hoe Boy« zurück, das einen umherziehenden Landarbeiter bezeichnet.

III. BILBO BAGGINS
betritt die Szene

Der erste echte Hobbit, den J. R. R. Tolkien schuf, war ein Gutsbesitzer mit dem
Namen Bilbo Baggins (den deutschen Lesern als Bilbo Beutlin bekannt).
Im vorigen Kapitel haben wir das Wort »Hobbit« untersucht und festgestellt, welchen
Beitrag es zur Bestimmung der Rasse leistete. Untersuchen wir jetzt die Namen,
die der Autor seinem ersten Hobbit gegeben hat, und sehen wir, inwiefern sie zu seinem
Charakter und seiner Rasse beitrugen.

Schauen wir uns zunächst den Familiennamen Baggins an.

BAGGINS → *Nachmittagstee, ein gehaltvoller Imbiß zwischen den Mahlzeiten*

Aus der Eingangsszene des *Kleinen Hobbit* wissen wir, daß die Hobbits nichts so sehr zu schätzen wissen wie einen Imbiß zwischen den Mahlzeiten. Besonders hingebungsvoll widmen sie sich dem ausgedehnten Nachmittagstee. Hat der Name Baggins den Hobbits diese Vorliebe eingebracht? Oder hat Tolkien den Namen gewählt, weil ihm ihre Eßgewohnheiten bereits bekannt waren? Es ist die alte Frage nach dem, was eher da war, das Huhn oder das Ei. Wie dem auch sei – es läßt sich kaum ein besserer Name für einen Hobbit denken als Baggins. Aber das ist natürlich noch nicht alles. Der Name Baggins wies darauf hin – oder wurde gewählt, um zu betonen –, daß Bilbo Baggins aus einer wohlhabenden Familie stammte. Wie der Hobbit eine Verkleinerungsform

von Hob oder Hobb ist, ist Baggins eine Verkleinerungsform von Bag oder Bagg, dem Ahnherrn, der der Baggins-Familie den Namen gegeben hat. Denn in der britischen Nomenklatur geht Baggins auf den im mittelenglischen Somerset weitverbreiteten Nachnamen Bagg zurück, was Geldbeutel bedeutet.

BAGG → *Geldbeutel, Rucksack, Bündel*

Das Thema Geldbeutel wird nochmals im Namen von Bilbos Vater, Bungo Baggins, angeschlagen. Die Wurzel von Bungo ist »bung« – ein Wort, das zum erstenmal 1566 als »bunge« (Börse) Eingang in die englische Sprache fand. Aus einer Quelle des Jahres 1610 erfahren wir, »daß ›bung‹ jetzt für Tasche benutzt wird, vorher für Börse«. Außerdem wissen wir, daß Bungos Börse gut gefüllt war, denn mit ihrem Inhalt ließ er das große Herrenhaus von Bag End (Beutelsend) errichten, wobei noch genug übrigblieb, um seinem Sohn Bilbo ein mehr als angenehmes Leben zu sichern.

(Bilbo) Baggins der Held. der »Bag Man« (Bilbo) Baggins der Bourgeois der Bürger der »Burglar« der »Baggage Man«

Schauen wir uns jetzt den Vornamen unseres Helden an: Bilbo.

BILBO → *kurzes Schwert oder Rapier*

Das Wort »bilbo« kam im 15. Jahrhundert über den portugiesischen Namen Bilbao nach England, einer Stadt, die einst berühmt war wegen der eleganten Schwerter aus biegsamem, aber fast unzerbrechlichem Stahl, die dort hergestellt wurden. Zur Zeit Shakespeares war ein »bilbo« ein kurzes Schwert, eine fast immer tödlich treffende Stoßwaffe.

Das ist eine treffliche Beschreibung von Bilbos Schwert, der Elbenklinge »Sting« (Stich). Das in einer Trollhöhle aufgefundene, von dem Elben Telchar geschmiedete Schwert hatte die Eigenschaft, in Anwesenheit böser Mächte ein blaues Licht auszusenden. Die Zauberklinge konnte außerdem Rüstungen oder Tierhäute durchstoßen, an denen jedes andere Schwert abgeprallt wäre.

Der Name Bilbo legte für Tolkien offensichtlich unmittelbar bestimmte Handlungselemente nahe, denn in der ersten Fassung des *Kleinen Hobbit* ist Bilbos Schwert »Sting« das Werkzeug, dessen Einsatz zur Vernichtung des Drachen führt: Als die Klinge den kleinen ungepanzerten Fleck am Bauch des Ungeheuers durchdringt, verendet es kläglich.

Obwohl Tolkien diesen Handlungsstrang in der letzten Fassung des *Kleinen Hobbit* fallenließ, spielt die Waffe eine entscheidende Rolle in *Der Herr der Ringe,* wo ein anderer Hobbit, Samwise Gamgee (Samweis Gamdschie), es benutzt, um der Riesenspinne Shelab (Kankra) einen tödlichen Schlag zu versetzen.

Im *Kleinen Hobbit* war es jedoch weniger ein scharfes Schwert als vielmehr sein scharfer Verstand, der Bilbo immer wieder aus der Patsche half. Ob es galt, den Nachstellungen der Orks oder der Elben, Gollums oder des Drachen zu entgehen – sein Witz half ihm, Rätsel zu lösen und Schurken zu überlisten.

So fand der Drache sein Ende schließlich dadurch, daß Bilbo durch einen »sting«, einen Trick, mit dem er die Eitelkeit des Ungeheuers ausnützte, herausfand, wo dieses verwundbar war.

Wenn wir die beiden Namen zusammenfügen – Bilbo Baggins –, erkennen wir zwei Wesensmerkmale unseres Helden und bis zu einem gewissen Grade der Hobbits überhaupt. Auf den ersten Blick zumindest weist der Name Baggins auf eine harm-lose, umgängliche, mit sich und der Welt zufriedene Gestalt hin, während der Name Bilbo an ein Individuum denken läßt, das wach, intelligent und sogar ein wenig gefährlich ist.

Bilbo Baggins ist ein humorvoll gezeichneter Antiheld, der zu einer Reise in eine heldenhafte Welt aufbricht. Es ist eine Welt, in der das Alltägliche, das Gemeine auf das Heldenhafte stößt. Jede dieser Sphären hat ihre eigenen Werte. In Bilbo Baggins finden wir eine Gestalt, mit der der Leser sich identifizieren kann, eine moderne Alltagsgestalt, die in einer alten, heldenhaften Welt Abenteuer erlebt.

Doch in Bilbo Baggins' Wesen liegt etwas Widersprüchliches: Er ist ein typischer Hobbit, ausgestattet mit dem Common sense seiner Artgenossen, aber er hat einen scharfen Verstand. Und das ist der Grund, weshalb der Zauberer Gandalf ihn ausgewählt hat, den Zwergen bei ihrer Schatzsuche als »Meisterdieb« Dienste zu leisten.

Im englischen Original ist dieser Meisterdieb ein »hero-burglar«, also sowohl ein Held (in der Welt des Epos) als auch ein Verbrecher (in der Alltagswelt). Doch warum fiel die Wahl Gandalfs ausgerechnet auf Bilbo Baggins?

Hier beginnt Tolkien wieder, mit Worten zu spielen. Bilbo Baggins war ein Bürger, ein Bourgeois, der zum »burglar« wurde.

BÜRGER → *jemand, der ein Haus besitzt*
BURGLAR → *jemand, der ein Haus ausraubt*

So sehen wir in Bilbo Baggins den typischen Alltagsbürger des Mittelstands, der in die Welt des Epos eintritt und damit in sein Gegenteil verkehrt wird, in einen Verbrecher.

Doch das ist noch nicht alles. Es gibt noch weitere sprachliche Verbindungen zwischen Bagg und Baggins und den von britischen Ganoven benutzten Wörtern »bag« und »baggage«, die recht bemerkenswert sind: »to bag« heißt etwas an sich nehmen, stehlen; ein »baggage man« ist der Gesetzesbrecher, der die Beute fortschafft, und ein »bag man« der Mann, der mit ungesetzlichen Mitteln und zu ungesetzlichen Zwecken für andere Geld eintreibt.

Es scheint, daß die Namenswahl, die Tolkien für seinen Helden traf, nicht nur dazu beitrug, den Charakter Bilbo Baggins' zu gestalten, sondern auch die Art des Abenteuers zu bestimmen, auf das er sich einließ.

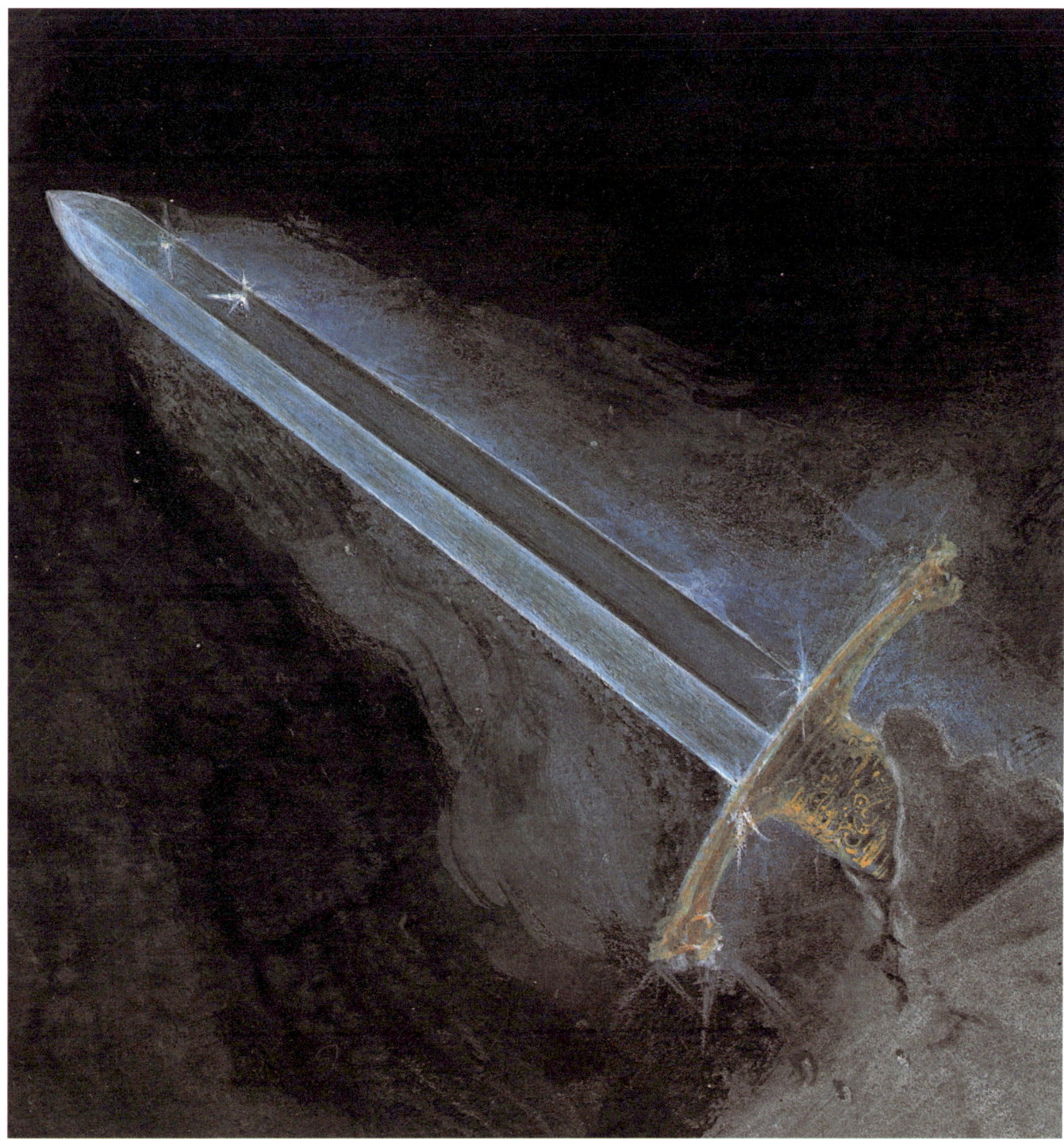

Denn im *Kleinen Hobbit* wird Bilbo Baggins, der Burglar, von den Zwergen dazu angestellt, den Schatz des Drachen an sich zu nehmen (»to bag«). Dann wird er zum »baggage man«, der die Beute fortschafft. Doch nach dem Tod des Drachen und einer Auseinandersetzung nach der Schlacht der Fünf Heere wird Bilbo Baggins zum »bag man«, der den ganzen Schatz an sich nimmt, um ihn an die Sieger zu verteilen.

(BILBO) BAGGINS DER BOURGEOIS → *der Bürger* → *der »Burglar«* → *der »Baggage Man«* → *der »Bag Man«* → (BILBO) BAGGINS DER HELD

Was steckt in einem Namen? In dem Namen Baggins steckt ein Bürger und Bourgeois, der sich als professioneller »Burglar«, »Baggage Man« und »Bag Man« verdingt, um etwas zu werden, was kein Hobbit jemals werden wollte: ein Held.

IV. Gollum & die Goblins

»Es war einmal ein Goblin, der lebte in einer Höhle.« So beginnt ein kleiner Vers in einer Erzählung, die J. R. R. Tolkien als Kind las. Er scheint ihm nicht aus dem Sinn gekommen zu sein, denn mehrere Jahrzehnte später schrieb Tolkien über einen anderen kleinen Höhlenbewohner die berühmten ersten Zeilen seines ersten Romans: »In einer Höhle in der Erde, da lebte ein Hobbit.«

Bei der Erzählung handelt es sich um *The Princess and the Goblin** von George MacDonald. Sie wurde 1872 veröffentlicht, und es geht darin vor allem um die Auseinandersetzungen zwischen kleinwüchsigen Bergleuten und Goblins in unterirdischen Stollen, also um Ereignisse, welche die unter der Erde ausgetragenen Scharmützel zwischen Tolkiens Hobbits und Goblins vorwegzunehmen scheinen. (Dem deutschen Leser sind die Goblins unter dem namen »Unholde« bekannt.)

HOBBITS und GOBLINS scheinen die gleichen Höhlen bewohnt zu haben.

Wie in Tolkiens Geschichte übergroße Hobbitfüße, so spielen in MacDonalds Geschichte übergroße Goblinfüße eine wichtige, aber andere Rolle. Tolkiens Hobbitfüße erscheinen als positive Merkmale; MacDonalds Goblinfüße sind ihre einzige Schwäche, und die Bergleute besiegen die Goblins, indem sie ihnen auf die Füße trampeln und Zaubersprüche singen. In Tolkiens Geschichte können die Unholde oder Goblins durch bestimmte Zaubersprüche abgewehrt werden, aber ihre Füße stecken in Eisenschuhen. Die Hobbits hingegen gehen barfuß.

HOBBITS und GOBLINS scheinen sich in der gleichen obsessiven Weise mit Füßen beschäftigt zu haben.

In MacDonalds Geschichte finden wir den Reim:

»Once there was a goblin living in a hole: busy he was cobblin' a shoe without a sole« (Es war einmal ein Goblin, der in einer Höhle lebte: Er war damit beschäftigt, sich einen Schuh ohne Sohle zu schustern.)

Der Vers gibt Anlaß zu einer Rätselfrage, die damit spielt, daß die Wörter »sole« und »soul« auf dieselbe Weise ausgesprochen werden – eine Frage, wie sie auch ein Hobbit hätte stellen können.

Question: Why does the Goblin make a shoe without a sole?
Answer: Because the Goblin is a creature without a soul.
(Frage: Warum macht der Goblin einen Schuh ohne Sohle?
Antwort: Weil der Goblin ein Geschöpf ohne Seele ist.)

Tolkiens Goblins werden durch eiserne Schuhe geschützt, aber wie MacDonalds Goblins sind sie seelenlos, während seine barfüßigen Hobbits wie die Goblins von MacDonald sohlenlos sind. **

HOBBIT + GOBLIN → HOBGOBLIN

Hobgoblin – eines der dreizehn Zauberworte aus unserem Hokuspokus-Wörterbuch-Spiel – war entscheidend an der Entwicklung der Hobbits als Spezies und des *Kleinen Hobbit* als Roman beteiligt. (In der deutschen Übersetzung der Werke Tolkiens erschei-

---

* Seltsamerweise verwendet MacDonald die Namen Goblin, Hob und Cob wechselweise für dieselben Geschöpfe (Cob für das deutsche Wort Kobold und Goblin nach dem lateinischen »gobelinus«, der Quelle des englischen »goblin«, sowie Hob für das englische »hobgoblin«).

** Diese Fixierung auf Füße hatte eine lange Geschichte. Seltsamerweise trug das erste Gedicht, das Tolkien, damals noch ein junger Student, 1915 in Oxford veröffentlichte, den Titel »Goblin-Füße«. Der Einfluß von MacDonald ist überhaupt schwer zu übersehen. Später schrieb Tolkien (in einem Brief), daß seine Goblins der Tradition MacDonalds verpflichtet seien – »abgesehen von den zarten Füßen, an die ich nie geglaubt habe«.

nen die Hobgoblins als »Große Unholde«.) Hobbit ist eine Verkleinerungsform des Wurzelwortes Hob. Hobgoblin ist ein zusammengesetztes Wort:

HOB ~ *ein guter Geist*
GOBLIN ~ *ein böser Geist*

Der daraus entstehende Hobgoblin ist meist ein zu Streichen neigendes Geschöpf – entweder ein etwas verkorkster guter Geist oder ein oberflächlich bekehrter böser Geist, auf jeden Fall ein ambivalentes Wesen, das sich den menschlichen Begriffen von Recht und Unrecht entzieht.

Doch vor allem ist der Hobgoblin eine Vereinigung von Gegensätzen und damit das Element, das erst die dramatische Spannung in den Romanen Tolkiens erzeugt.

Hobgoblin ist ein Wort, das den Kampf zwischen den Kräften des Guten und des Bösen symbolisiert. In Tolkiens Romanen sind es die beiden kleinwüchsigen, höhlenbewohnenden Rassen der Hobbits und Goblins, die den Kampf zwischen Gut und Böse verkörpern. Hobgoblin ist das Zauberwort, das den Hobbit mit dem Goblin verbindet, doch gibt es noch eine andere Verbindung, die deutlich macht, daß Hobbits und Goblins aus der gleichen Höhle kommen.

GOLLUM ALS EIN HOBGOBLIN

Smeagol Gollum war ein Hobgoblin, der als Goblin den Hobbit in sich überwand. Wenn Bilbo Baggins der Hobbit par excellence ist, dann ist Smeagol Gollum der Anti-Hobbit. Gollum hieß ursprünglich Smeagol. Er war ein Hobbit, und sein Name, der »sich eingraben, sich einschleichen« bedeutet, definierte sein Wesen. Er war ein unruhiger, forschender Geist, ständig auf der Suche, dem Ursprung der Dinge nachspürend, der sich aber zugleich dauernd drehte und wendete, hierhin und dorthin.

ENGLISCH ~ *»smial«* → *graben*
ALTENGLISCH ~ *»smygel«* → *Smeagol*
→ *sich eingraben, sich einschleichen*
HOBBITSPRACHE ~ *»tran«* → *graben*
ROHIRRIM ~ *»trahan«* → *Trahald*
→ *sich eingraben, sich einschleichen*

Smeagol lebte östlich der Nebelberge im alten Flußtal, der Heimat der Starren, einer der drei Hobbitrassen. Dort trieb er sich oft mit seinem Vetter Deagol herum, um zu fischen. Dieser Vetter war es, der zuerst den Einen Ring am Boden des Flusses fand. Smeagol neidete ihm den Fund, tötete Deagol und entwendete ihm den Ring.

ENGLISCH ~ *»dial«* → *Geheimnis*
ALTENGLISCH ~ *»dygel«* → Deagol → *Geheimnis, verstecken*
HOBBITSPRACHE ~ *nah* → *Geheimnis*
ROHIRRIM ~ *nahan* → *Nahald* → *Geheimnis, verstecken*

GOLLUMS GEHEIMNIS

Deagol heißt wörtlich »Geheimnis«. Das war in doppelter Hinsicht ein passender Name, denn Smeagol bestand stets darauf, daß ihm der Ring rechtmäßig gehöre. Sein tiefstes Geheimnis bestand darin, daß er nur durch Mord und Raub in den Besitz des Ringes gelangt war. Schuldgefühle und die Angst, daß jemand sein Geheimnis entdecken und ihm den Ring wegnehmen könne, trieben Smeagol dazu, sich unter den Nebelbergen in eine Höhle »einzuschleichen und einzugraben«.

SMEAGOL ALS GOLLUM

Die böse Macht des Ringes verlängerte Smeagols elendes Leben um Jahrhunderte, aber entstellte ihn so, daß niemand ihn wiedererkannte. Danach wurde er wegen der häßlichen gutturalen Laute, die er beim Sprechen ausstieß, Gollum genannt. Er entwickelte sich zu einem mörderischen Ungeheuer und Kannibalen, der das Tageslicht scheute und sich in dunklen Höhlen und finsteren Sümpfen verbarg.

GOLLUM ALS HOBGOBLIN

Smeagol Gollum war ein Hobgoblin, der sich fast völlig in einen Goblin oder einen Ork verwandelte. Aus Tolkiens Entwürfen geht hervor, daß er sich nach der Niederschrift des *Kleinen Hobbit* tatsächlich nicht im klaren war, ob Gollum ein Ork oder ein Hobbit war.

GOLLUM ALS UNTOTER

Er entschied sich schließlich für den Hobbit, aber in vielerlei Hinsicht blieb Gollum ein Ork – vor allem durch seine Verwandtschaft mit den bösen Dämonen, die in angelsächsischen Texten (besonders im Beowulf) als »Ornacea« oder »wandelnde Leichen« bekannt sind. Gollum war ein Untoter, der nur durch die Zauberkraft des Ringes am Leben erhalten wurde.

GOLLUM ALS GOLEM

In dieser Hinsicht ähnelt Gollum dem Golem – einem aus Lehm erschaffenen und durch einen jüdischen Zauberspruch zum Leben erweckten Frankenstein-Ungeheuer, das in die Welt gesetzt wurde, um die Feinde der Prager Juden zu vernichten, das sich jedoch zu einem von Haß erfüllten Zerstörer allen Lebens entwickelte.

V. Ursprung & Geschichte der HOBBITS

Wenn wir uns die Entwicklung und die Geschichte der Hobbitrassen und der angelsächsischen Stämme anschauen, erkennen wir auffällige Übereinstimmungen. Beide stammen aus irgendeinem fernen Land hinter einem mächtigen östlichen Gebirgszug, den sowohl die Vorfahren der Hobbits als auch die der Angelsachsen überschritten, um sich in einem fruchtbaren Flußdelta niederzulassen.

Kriege und Invasoren zwangen die Hobbits schließlich, ihre als »The Angle« (der Winkel) bezeichnete Heimat – ein keilförmiger Landstrich zwischen den Flüssen Loudwater (Lautwasser) und Hoarwell (Weißquell) – zu verlassen und über den Brandywine (Brandywein) River in ein Gebiet auszuwandern, das später als »The Shire« (das Auenland) bekannt wurde.

In ganz ähnlicher Weise sahen sich auch die Angelsachsen genötigt, ihre Heimat Angeln – ein keilförmiger Landstrich zwischen der Flensburger Förde und der Schlei – zu verlassen und über den Ärmelkanal in die Gebiete Englands auszuwandern, die später als »The Shires« bekannt wurden. Außerdem gab es drei Rassen oder Stämme der Hobbits: die Fallohides (Falbhäute), die Stoors (Starren) und die Harfoots (Harfüße), die mit den drei englischen Stämmen der Sachsen, der Angeln und der Juten vergleichbar sind. Schließlich waren es zwei Brüder, Marcho und Blanco, die das Shire der Hobbits gründeten – ebenso wie zwei Brüder, Hengist und Horsa, die Gründungsväter des angelsächsischen England waren.

ANGELSACHSEN

WANDERUNG *aus einem* ÖSTLICH DER ALPEN *gelegenen Heimatland* NACH WESTEN *in ein keilförmiges Flußdelta namens* ANGELN. *Von dort wieder* NACH WESTEN *in eine neue Heimat namens* THE SHIRES. *Gründerväter der Shires: zwei Brüder namens* HENGIST *und* HORSA. *Drei angelsächsische Stämme:* ANGELN, SACHSEN *und* JUTEN.

HOBBITS

WANDERUNG *aus einem* ÖSTLICH DER NEBELBERGE *gelegenen Heimatland* NACH WESTEN *in ein keilförmiges Flußdelta namens* THE ANGLE. *Von dort wieder* NACH WESTEN *in eine neue Heimat namens* THE SHIRE. *Gründerväter des Shire: zwei Brüder namens* MARCHO *und* BLANCO. *Drei Hobbitstämme:* FALBHÄUTE, STARRE *und* HARFÜSSE.

Hengist (altenglisch) → Pferd (Hengst)
Horsa (altenglisch) → Pferd

Marcho → Pferd
→ *walisisch: March*
→ *gälisch: Marc*
→ *altenglisch Mearh**

Blanco → weißes Pferd
→ *altenglisch: Blanca*
→ *altnorwegisch: Blakkr*

DIE HOBBITRASSEN

Obgleich alle Hobbits sich durch bestimmte charakteristische Merkmale auszeichnen, unterscheiden ihre drei Rassen sich deutlich voneinander. Wie die mit dem Wort »Hobbit« verbundenen Assoziationen dazu beitrugen, die rassischen und individuellen Eigenschaften der Hobbits zu bestimmen, so haben die Namen Harfoot, Fallohide und Stoor dazu beigetragen, die Eigenschaften dieser Rassen zu bestimmen.

HARFOOTS (HARFÜSSE)

Der Harfoot ist der wohl typischste Vertreter der Hobbits. Er ist klein und zierlich, hat eine braune Haut und behaarte Füße und wohnt in Höhlen. Die Harfoots stellen die Mehrheit der gesamten Hobbit-Bevölkerung dar. Sie sind besonders konservativ in ihren Gewohnheiten und verspüren von allen Hobbits die wenigste Lust, sich auf Abenteuer einzulassen, obwohl sie seit jeher Handelsbeziehungen zu umherziehenden Zwergen pflegen. Sie lieben den Frieden und die Ruhe ihres ländlichen Lebens, die Hügel, Äcker und Weiden ihrer Heimat. Harfoots sind begabte Landwirte und Gärtner.

Der Name, den Tolkien ihnen gegeben hat, könnte nicht treffender sein und wurde ursprünglich auf alle Hobbits angewandt. »Harfoot« ist ein englischer Familienname, der auf den altenglischen Bei- oder Spitznamen »hare-foot« (Hasenfuß) zurückgeht. Bei den Angelsachsen bedeutete er soviel wie »schnellfüßig«, »flink wie ein Hase«.

Das beschreibt nicht nur bestimmte Verhaltensweisen der Hobbits, sondern spielt überdies mit den gleichlautenden Wörtern »hare« (Hase) und »hair« (Haar). Denn die Hobbits waren nicht nur von Natur aus flink und behend auf ihren Füßen wie ein Hase, sondern diese Füße waren auch behaart.

DIE HOBBITRASSE DER HARFOOTS
Harfoot ~ englischer Nachname
Hare-foot ~ angelsächsischer Bei- oder Spitzname,
gewöhnlich in der Bedeutung »schneller Läufer« oder
»flink wie ein Hase«

WORTSPIEL DER HOBBITS
Harfoot → Hare-foot → Hair-foot

HARFOOT/HAREFOOT/HAIRFOOT
Präzise Beschreibung der Hobbits als kleine und behende
Wesen mit großen behaarten Füßen

TYPISCHE HARFOOT-NAMEN: Brown (Braun) und Brownlock (Braunlocke) bezeichnen die Haut- und Haarfarbe der Harfoots. Andere Namen wie Sandheaver (Sandheber), Tunnelly (Tunnelchen) und Burrows (Erdloch) beziehen sich auf die Unterkünfte der höhlenbewohnenden Harfoots. Namen wie Gardner (Gärtner), Hayward (Zaunaufseher) und Roper (Sei-

---

* Das altenglische »mearh« entwickelte sich zum heutigen englischen »mare«. Auf Mittelerde wurde Tolkien durch »mearh« zu den Mearas inspiriert, einer Rasse weißer Pferde aus der Mark oder March, was soviel wie »Grenzland« bedeutet.

ler) berichten uns von typischen Tätigkeiten der Harfoots.

FALLOHIDES (FALBHÄUTE)

Die Fallohides, die zweite Hobbitrasse, waren ursprünglich Waldbewohner und bilden die Minderheit der Hobbits. Sie sind die unkonventionellsten und abenteuerlustigsten Hobbits und verkehren häufig mit den Elben. Sie haben die hellste Haut und das hellste Haar aller drei Rassen und sind in der Regel größer und schlanker als ihre Vettern.

Der Name Fallohide geht auf die Wörter »falo« und »hide« zurück. »Falo« bezeichnet im Althochdeutschen das blasse oder rötliche Gelb des Damwilds, und »Hide« bedeutet Haut oder Fell – eine treffende Beschreibung der blaßhäutigen und hellhaarigen Fallohides. Doch »fallow« ist im Altenglischen auch eine Bezeichnung für ein frisch gepflügtes Feld, und »hide« heißt nicht nur »sich verbergen, sich verstecken«, sondern ist auch das alte Maß für ein Stück Land, das einen Haushalt ernähren kann – etwa hundert Morgen.

Beide Interpretationen lassen sich auf die Fallohides anwenden. Während die erste uns Hinweise auf Merkmale gibt, die die Fallohides von den anderen Hobbits unterscheiden, bezieht sich die zweite auf Eigenschaften, die allen Hobbits gemein sind: die Liebe zu neu bestelltem Land und die unheimliche Fähigkeit, sich überall verstecken und menschlichen Blicken entziehen zu können.

DIE HOBBITRASSE DER FALLOHIDES FALO-HIDE
Falo ~ ALTHOCHDEUTSCH: *fahl, hellgelb*
Hide ~ ENGLISCH: *Haut, Fell*

FALLOW HIDE
Fallow ~ ALTENGLISCH: *gepflügtes Land*
Hide ~ ALTENGLISCH: *Landmaß*

TYPISCHE FALLOHIDE-NAMEN: Die hellhaarigen Fallohides werden durch Familiennamen wie Fairbairn (Blondkind) und Goldworthy (Goldwert) charakterisiert. Ihre unkonventionelle Art, ihre Intelligenz und ihr Drang zur Unabhängigkeit spiegeln sich wider in Namen wie Headstrong (Dickkopf) und Boffin (Tüftler).

STOORS (STARRE)

Was ihren Körperbau betrifft, sind die Stoors die größten und stärksten Hobbits und ähneln am mei-

sten den Menschen. Sie leben vorzugsweise an Flüssen und in Marschen. Völlig untypisch für Hobbits ist ihre Gewohnheit, gelegentlich Schuhe zu tragen. Und zum Erstaunen der anderen Hobbits sind sie imstande, sich Haare im Gesicht wachsen zu lassen, die freilich nie die Fülle und Länge der Bärte erreichen, wie sie Zwerge und Menschen tragen.

»Stoor« ist eine Abwandlung des mittelenglischen »stur« und des altenglischen »stor«, was hart oder stark bedeutet. Der Name unterscheidet die größeren und stärkeren Stoors anschaulich von den kleineren Harfoots und den schlankeren Fallohides.

STOOR
→ *Stur (Mittelenglisch)*
→ *Stor (Altenglisch)*
→ *Strong (heutiges Englisch)*

Die Stoors zeichnen sich unter den beiden anderen Rassen ferner dadurch aus, daß sie Wasser nicht scheuen und die einzigen Hobbits sind, die überhaupt in Erwägung zogen, schwimmen zu lernen und sich auf ein Boot zu begeben. Sie machten sich mit den Künsten der Navigation und der Schiffsführung vertraut, expedierten die Waren der anderen Hobbits und wurden durch den Handel, den sie mit zahlreichen Menschenvölkern auf Mittelerde trieben, wohlhabend, ja reich.

Wie alle anderen Hobbits sind die Stoors außerstande etwas wegzuwerfen, was sie einmal in ihren Besitz gebracht haben. Der Name Stoor ist ein Hinweis darauf, daß diese Eigenschaft bei ihnen besonders ausgeprägt ist. Sie speichern (»stoor«) oder sammeln (»store«) ihre Besitztümer. Aber daneben sind sie auch Stoors oder Stowers (Schauerleute), d. h. Hafenarbeiter, deren Tätigkeit darin besteht, Fracht zu laden und zu löschen. Viele der Stoors arbeiteten auf Booten oder in den Speichern von Bucklebury. Einige waren Schiffsausrüster oder besaßen eigene Lagerhäuser.

TYPISCHE STOOR-NAMEN:

Pudifoot ist ein alter Stoor-Name, der auf »puddle-foot« (Patschfuß) schließen läßt – d. h. auf jemanden, der gern durch »puddles« (Pfützen) patscht. Als englischer Familienname geht er jedoch auf Puddephat für »Pudding Vat« (rundes Faß) zurück und bezeichnet als solcher einen Mann mit einem dicken Bauch. So haben wir alle Stoor-Eigenschaften zusammen: dick, großfüßig und wasserliebend.

Banks (Ufer) ist ein Stoor-Name für die Hobbits, die gern an Flußufern lebten. Cotton, Cottar und Cotman waren wahrscheinlich ursprünglich Stoor-Namen, da sie alle »Cottager« (Hüttenbewohner) bedeuten. Tatsächlich waren die Stoors die ersten Hobbits, die ihre Höhlen verließen und feste Häuser bezogen.

Drei Hobbitrassen
HARFOOTS ~ FALLOHIDES ~ STOORS

Jede der drei Rassen verband sich mit einem anderen Volk:
ZWERGE ~ ELBEN ~ MENSCHEN

Linguistische Verwandtschaft mit menschlichen Sprachen:
NORMANNEN ~ KELTEN ~ RÖMER

Zusammenhang mit englischen Stämmen:
SACHSEN ~ ANGELN ~ JUTEN

VI. Ahnherren & *Gründerväter*

Nach den Gründern des Auenlands, Marcho und Blanco, war der erste Hobbit, den wir dem Namen nach kennen, Bucca aus dem Bruch oder »Bucca of the Marish«, wie er im englischen Original heißt. Er wurde zum ersten Thain des Shire (des Auenlands)* ausgerufen und zum Kommandeur der Hobbitschen Bürgerwehr ernannt. Der Titel war erblich, und fast vier Jahrhunderte lang stammten alle Thains in direkter Nachfolge von Bucca aus dem Bruch ab.

Bucca aus dem Bruch war auch der Gründer der ersten großen Familiendynastie der Hobbits, der Oldbucks (Altbocks). Tatsächlich waren die Oldbucks die ersten Hobbits, die überhaupt Familiennamen verwendeten.

Die Entstehung des Namens Oldbuck läßt sich ganz einfach erklären. Da Bucca recht alt wurde, wurde er liebevoll Old Buck genannt. Im Laufe der Zeit wurden die Namen Old Buck und Thain so oft für ein und dieselbe Person verwandt, daß Old Buck dieselbe Bedeutung wie der Titel Thain annahm. In den nach-

* In der frühen englischen Geschichte waren Titel und Stellung des Thane fast identisch mit denen des Thain der Hobbits. So bildeten die Thanes eine eigene Klasse zwischen der des gewöhnlichen Bürgers und der des Erbadels.

folgenden Generationen benutzten alle Nachkommen Buccas die Bezeichnung Oldbuck, um sowohl ihn als auch den jeweils herrschenden Thain zu ehren.

THAIN ⟫⟶ *Bucca* → *Old Bucca* → *Old Buck* → *Oldbuck* ⟫⟶ THAIN

Doch wie der Humor der Hobbits nun einmal ist, mußte die Gelegenheit genutzt werden, diese Geschichte mit einem linguistischen Scherz zu verbinden. In den meisten Gesellschaften werden die alteingesessenen Familien mit Geld in Zusammenhang gebracht. Der Dollar ist umgangssprachlich auch als »Buck« bekannt. So entstand folgende Assoziationsreihe:

OLDBUCKS ⟫⟶ *Alte Geldsäcke* → *Alte Dollars* → *Old Bucks* ⟫⟶ OLDBUCKS

Auf Bucca aus dem Bruch geht der Name Oldbuck zurück oder – in der Hobbitsprache – Zaragamba. Daraus entwickelte sich allmählich der noch berühmtere Familienname Brandybuck oder Brandybock, bzw. – in der Hobbitsprache – Brandagamba.

OLDBUCK (aus der Hobbitsprache übersetzt)
Zaragamba (Hobbitsprache) ⟶ *Zara* (alt) + *Gamba* (Buck)

BRANDYBUCK (aus der Hobbitsprache übersetzt)
Brandagamba (Hobbitsprache) ⟶ *Branda* (Grenze) + *Gamba* (Buck)

Wie kam es dazu?

VII. *Buckland &* BRANDY HALL

Sieben Jahrhunderte nach Gründung des Auenlands gab der Zwölfte Thain des Shire, Gorhendad* Oldbuck, seinen Titel auf, verließ das alte Heimatland der Oldbucks, den Bruch, und führte sein Volk über den Brandywein (»Grenzfluß«) in ein Gebiet östlich des Auenlands. Er fand dort fruchtbare Ländereien vor, ließ sich nieder und gründete bald darauf eine neue Republik, die er nach dem Ahnherrn der Familie »Buckland« oder »Buccas Land« nannte.

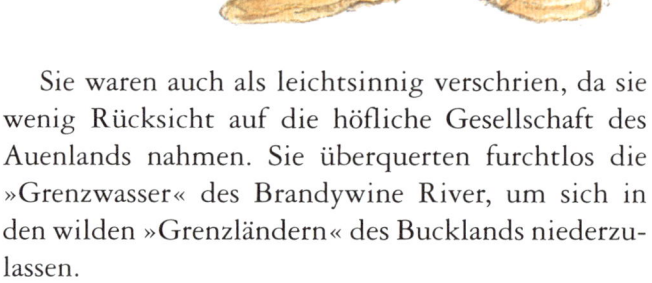

Auf dem Buck Hill am Ufer des Brandywine River ließ Gorhendad Oldbuck das neue Herrenhaus der Familie errichten, das als Brandy Hall in die Annalen der Hobbits eingehen sollte. Gorhendad selbst wurde als Master of Buckland, Herr des Bocklands, bekannt. Er war auch der Gründer einer neuen Dynastie, denn die Familie der Oldbucks (oder Zaragamba in der Hobbitsprache) änderte ihren Namen und nannte sich fortan Brandybuck (oder Brandagamba in der Hobbitsprache).

DIE BRANDYBUCK-FAMILIE

Der Name Brandybuck trug maßgeblich zur Wesensbestimmung der Familie bei. Die Brandybucks wurden wegen ihrer Führungsqualitäten, ihres Temperaments und ihres starken Willens einerseits bewundert, andererseits aber auch von (weniger abenteuerlustigen) Hobbits wegen ihrer ziemlich zügellosen und unbekümmerten Art kritisiert.

BRANDY ~ *Starker Geist, abgeleitet von »Feuerbrand«*
BUCK ~ *Bock wie in dem Wort, das das Leittier einer Herde, aber auch einen wilden jungen Mann, ein »junges Blut« bezeichne*t.

Am »böckischen« Wesen der Brandybucks kann es keinen Zweifel geben. Sie gehörten zu den unbekümmerten Hobbits, die bei einem Zechabend gerne ein paar Gläser Brandy zuviel tranken.

Sie waren auch als leichtsinnig verschrien, da sie wenig Rücksicht auf die höfliche Gesellschaft des Auenlands nahmen. Sie überquerten furchtlos die »Grenzwasser« des Brandywine River, um sich in den wilden »Grenzländern« des Bucklands niederzulassen.

BUCKLAND UND BUCKINGHAMSHIRE

Zwischen dem Buckland der Hobbits und dem historischen und geographischen Buckinghamshire Englands gibt es etymologische Verbindungen.

BUCKLAND *im Shire →*
BUCKINGHAMSHIRE *in England*

Bucca war der Hobbit, der das Buckland im Shire gründete. Bucca war der angelsächsische Gründer von Buckinghamshire.

BUCCA *war ein alter Hobbitname mit der Bedeutung »Bock« oder »Rammler«.*

---

* Gorhendad: Als Erster der Brandybucks und Erster Herr des Bocklands trug Gorhendad einen Namen, der seiner Stellung entsprach. Er bedeutet im Walisischen »Urgroßvater« (wörtlich »gorhen-dad«: »über-alter-Vater«). Unter den Hobbits wurde er wohl eher als Titel mit der Bedeutung »Ahnherr der Brandybucks« denn als Eigenname verwandt.

BUCCA *war ein altenglischer Familienname mit der Bedeutung »Bock« oder »Rammler«.*

Bucca ist ein Name, der in verschiedenen Formen sowohl in der Geschichte Britanniens als auch in der Geographie der Hobbitländer auftaucht. So hat der Hobbit Bucca seinen Namen überall im Auenland hinterlassen: als Buckland, Buck Hill, Brandybuck Hall, Buckleberry usw. Diesem Sachverhalt entsprechen Dutzende von Ortsnamen, die auf den angelsächsischen Stammesfürsten Bucca zurückgehen: Buckingham ist eine »Aue der Anhänger Buccas«, Buckminster die »Kirche Buccas«, Bucknall »Buccas Winkel«, Buckhill »Buccas Berg« und Buckton »Buccas Farm«.

BUCKLAND UND BUCHLAND

Obwohl das in England gelegene Buckingham-shire historische Parallelen zum Buckland der Hobbits aufweist, hat der geschichtliche englische Name Buckland seltsamerweise nichts mit dem angelsächsischen Stammesfürsten Bucca zu tun. Im historischen und geographischen Britannien bedeutet Buckland soviel wie »Buch-land«.

BUCKLAND → BOOKLAND → CHARTERLAND
BOC (Altenglisch) → BUCK (Mittelenglisch) → BOOK (Englisch)

»Book-land« ist ein Land, das kraft einer Urkunde oder einer Charter der Kirche oder der königlichen Familie gehört. Es gibt weit über zwanzig Buck-lands in England (meist im Süden). Alle sind Länder des »Buchs«, und keines ist auf einen Mann namens Bucca oder einen »Buck« im Sinne eines Bocks oder Rammlers zurückzuführen.

BUCHLAND: LAND DER PHANTASIE

Buckland ist jedoch wie das gesamte Auenland insofern ein Buchland, als es den Hobbits durch eine Charter von den Hochkönigen des Nordens übereignet wurde. Und in einem anderen Sinn sind Buckland, das Auenland und ganz Mittelerde dadurch Buchlande, daß sie Fiktionen sind, einzig und allein erschaffen durch die Phantasie J. R. R. Tolkiens.

BUCKLAND → BUCHLAND → LAND DER PHANTASIE

BRANDY HALL

Der erste Master of Buckland, Gorhendad Brandybuck, war auch als Master of the Hall bekannt, da er der Architekt von Brandy Hall war, der eindrucksvollen Familienresidenz der Brandybucks.

Dieses mehrstöckige Herrenhaus hatte drei mächtige Vordertüren und zwanzig weitere kleinere Türen. Auf dem Buck Hill errichtet, überragte es den Brandywine River. Zeitweise wohnten dort mehr als zweihundert Mitglieder der Brandybuck-Familie. Besucher des Auenlands, die in der Abenddämmerung mit der Fähre über den Brandywine setzten, waren manchmal geblendet durch den Anblick der dunklen Westflanke des Buck Hill, die sich plötzlich in leuchtendes Gold verwandelte. Tatsächlich war dieses Phänomen darauf zurückzuführen, daß die untergehende Sonne sich in den Hunderten runder Fenster von Brandy Hall brach.

Obwohl der Master of Buckland in Brandy Hall lebte, befand sich die Hauptstadt Buckleberry an anderer Stelle. Brandy Hall erhob sich an der Westflanke des Buck Hill über dem Fluß. Die Läden und Häuser von Buckleberry lagen jedoch östlich von Brandy Hall am Buck Hill. Buckleberry war die größte Stadt in Buckland, doch gab es noch andere Städte wie Newbury, Standalf und Haysend.

BRANDYWINE RIVER
Brandywine River läßt sich übersetzen mit »Goldbrauner Fluß« oder »Grenzfluß«.
Der Name stammt jedoch aus der Elbensprache.

→ BARANDUIN RIVER ~ *Kompositum aus den elbischen Wörtern* baran *(goldbraun) und* duin
(groß). Einfach die Beschreibung eines großen goldbraunen Flusses.

→ BRANDA-NIN ~ *Kompositum aus den Hobbitwörtern* branda *(Grenze) und* nin *(Wasser).*
Mißverständnis der Hobbits, die das elbische »baran« als Grenzfluß deuteten, als Fluß,
der die Grenze des Auenlands markiert.

→ BRALDA-HIM ~ *Kompositum aus den Hobbitwörtern* bralda *(berauschend) und* him
(alkoholisches Getränk). Wortspiel der Hobbits, durch welches der Grenzfluß wegen seiner
braunen Farbe zum »Brandyfluß« wird.

Brandy Hall, Residenz des Master of Buckland und der Familie Brandybuck, gelegen am Buck Hill, oberhalb des Brandywine River.

VIII. TOOKLAND
& die Smials

Nach der Gründung von Buckland und der Wanderung der Oldbucks in die Gebiete östlich des Brandywine River erschien ein mächtiger neuer Herrscher unter den Hobbits des Auenlands. Sein Name war Isumbras Took. (Dem deutschen Leser sind die Angehörigen dieser Familie in der eingedeutschten Schreibweise als Tuks bekannt.) Isumbras ist ein altenglischer Name, der Eisenarm bedeutet (»isen« = Eisen und »bras« = Arm). Er wurde bald als Isumbras I. zum Dreizehnten Thain des Auenlands und zum Ersten Thain der Took-Dynastie ausgerufen. Mit der Übertragung der herrscherlichen Gewalt auf die den Falbhäuten entstammende Took-Familie wurde diese zum mächtigsten Clan des Auenlands. Noch Jahrhunderte später verwendeten die Hobbits die Begriffe Thain und Old Took zur Bezeichnung derselben Sache.

Groß-Smials → Tuckborough → Tookland
→ Took → Tuk → Tuck
TUCCA

BUCCA
→ Buck → Oldbuck → Brandybuck
→ Bucland → Bucklebury → Brandy Hall

URSPRUNG DER TOOKS

Tolkien nennt nicht den Namen des Gründers von Tookland und Ahnherrn der Took-Familie. Doch wenn wir uns die Genealogie Buccas als des Ahnherrn der Oldbucks und Brandybucks anschauen und etwas linguistische Detektivarbeit leisten, können wir ihn unschwer herausfinden.

Tolkien gibt uns Hinweise. Wir erfahren, daß die Groß-Smials von Tuckborough (Buckelstadt) in Tookland (Tukland) einst Sitz der Took-Familie waren. Wenn wir das mit Brandy Hall von Bucklebury in Buckland, dem Sitz der Brandybuck-Familie, und ihrem früheren Namen Oldbuck vergleichen, erkennen wir deutliche Parallelen. Wenn der Gründer der Brandybuck/Oldbuck-Familie Buck oder Bucca war, muß der Gründer der Took/Tuk-Familie ein Tuck oder Tucca gewesen sein.

Es erscheint nur logisch, daß die namengebenden Vorfahren dieser Dynastien ursprünglich Brüder waren: Bucca und Tucca aus dem Bruch, nach denen Buckland und Tookland benannt wurden.

DIE FAMILIE DER TOOKS

Der Hobbit-Name TUCCA/TUK/TUCK/TOOK hat viel dazu beigetragen, die Merkmale einer Familie zu bestimmen, die bekannt geworden ist durch ihre Abenteuerlust und ihre herausragenden Persönlichkeiten. Wir brauchen uns nur die Nachkommen Tuccas anzusehen, um zu erkennen, daß diese Merkmale auf den Namen Took zurückzuführen sind.

Die englischen Beinamen Took und Tuck gehen auf altnordische Namen zurück, in denen die Bedeutung Donner anklingt. Beide sind Diminutive des altnordischen Thorkil oder Thurkettle. Das englische Wort »took« als Vergangenheitsform von »take« weist in die gleiche Richtung. Es geht ebenfalls auf eine altnordische Quelle zurück: »taka« heißt »ergreifen«, hat aber über das altenglische »tucian«, was stören oder heimsuchen bedeutet, Eingang in die englische Sprache gefunden.

TOOK UND TUCK:
Englische Familiennamen altnordischen Ursprungs

~ *Diminutiv von* THORKIL
~ THORS BERG *oder* DONNERBERG,
d. h. der Berg des Donnergotts

~ *Diminutiv von* THURKETTLE

~ THORS KESSEL *oder* DONNERKESSEL,
d. h. das Opfergefäß des Donnergotts

Doch die Wortkette Tucca/Tuk/Tuck/Took weist auch weniger wilde Aspekte auf. Die Namen Took und Tuck tragen eine Bedeutung in sich, die der zur Gemütlichkeit neigenden Wesensart der Hobbits gerechter wird. Wie wir gesehen haben, heißt Baggins auch »Nachmittagstee« oder »gehaltvoller Imbiß«. Eine ähnliche Bedeutung finden wir im Namen der TOOK/TUCK-Familie. (Beide waren schließlich miteinander verwandt.) Tuck läßt sich definieren als »Nahrung, Eßbares, besonders Kuchen und Süßigkeiten«. So gibt es den australischen Slangausdruck »tucker«, der allgemein Nahrungsmittel bezeichnet; ein »tuck shop« ist ein Kiosk, der auf dem Gelände einer Schule Süßigkeiten oder Kuchen feilbietet.

Diese Beudeutung schwingt auch im Namen des aus den Robin-Hood-Erzählungen bekannten Friar

Tuck mit. Tatsächlich hätte dieser lebenslustige, dickbäuchige und stets hungrige Klosterbruder einen prächtigen Hobbit abgegeben, wenn er halb so groß geraten wäre. Als Hinweis auf ihre Wesensverwandtschaft ist vielleicht zu erwähnen, daß sowohl Friar Tuck als auch die Hobbits ausgezeichnete Bogenschützen waren.

DIE GROSS-SMIALS VON TUCKBOROUGH

Gegen Ende des ersten Jahrtausends, nach der Gründung des Auenlands, begann Isengrim II., der Zweiundzwanzigste Thain und Zehnte Thain der Took-Dynastie, mit dem Bau der Smials an den Grünen Bergen von Tookland. Die Groß-Smials wurden tief in den Steilhang der Berge gegraben. Unter ihnen lagen die Straßen und Häuser von Tuckborough oder Buckelstadt, der größten Siedlung des Auenlands.

Isengrim (ein Kompositum aus »isen« = Eisen und »grim« = wild, grimmig) war ein passender Name für den Mann, der die Groß-Smials errichtete. Möglicherweise verbrachte Isengrim II. zuviel Zeit damit, den Zwergen gefällig zu sein, denn seine Phantasie wurde von einem Ehrgeiz befeuert, der weit über das hinausging, war für einen Hobbit recht und angemessen war. Vielleicht war es aber auch der Name Took, der Isengrim zu seinem Bauvorhaben antrieb. Die Groß-Smials von Tuckborough können mit Recht als ein tookischer »Kessel des Donnergotts« bezeichnet werden, eingegraben in den Hang eines tookischen »Donnergott-Bergs«. Wenn die Hobbits je eine monumentale Architektur errichteten, dann waren es die Groß-Smials. Sie bildeten die Hauptresidenz des Took-Clans, und die Tooks waren ohne Frage die größten, reichsten und protzigsten Hobbits im Auenland.

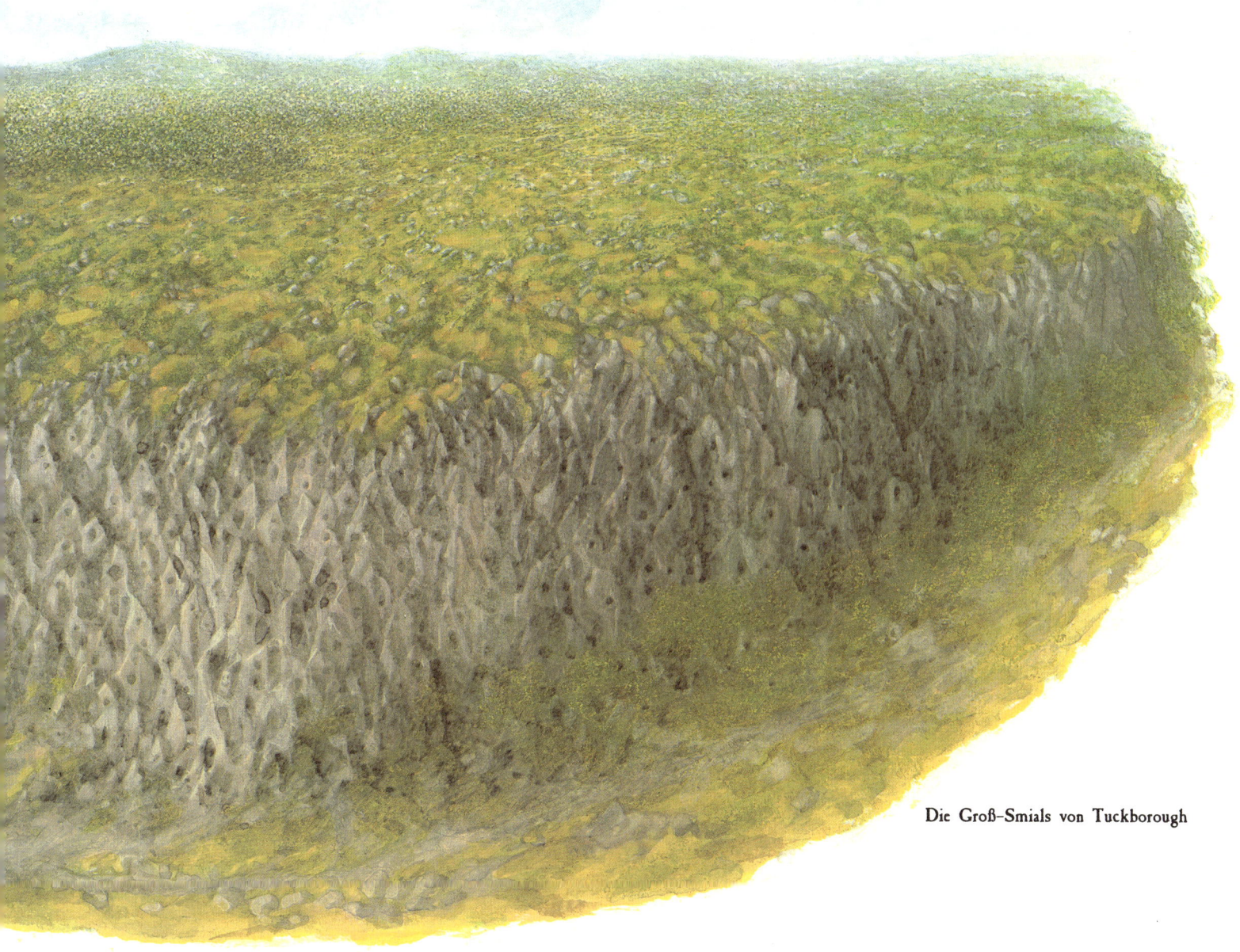

Die Groß-Smials von Tuckborough

IX. *Die* HOBBITS *& das Land*

Die Hobbits sind der SPIRITUS MUNDI *Englands. Tolkien sah in ihnen die angelsächsischen Erdgeister, die am stärksten mit dem Land selbst verbunden waren.
Sie lebten buchstäblich in der Erde und stellten in vielerlei Hinsicht genau das dar,
was er als das eigentlich »Englische« empfand.*

Hobbits sind schließlich Holbytla (Höhlenbauer und -bewohner), und so ist es nur logisch, daß sie ihre erste Aufgabe darin sehen, das Land zu bestellen. Die Hobbits zeichnen sich durch ein tiefes Verständnis für das Leben der Pflanzen und Tiere aus. Auf ihren Höfen, in ihren Obst- und Gemüsegärten wächst einfach alles – unter Bedingungen, vor denen die Menschen kapitulieren würden.

So überrascht es nicht, daß einer der berühmtesten Hobbits ein Gärtner war. Und das Jahr 1070 (nach dem Auenland-Kalender) ist ein Datum in ihrer Geschichte, das jeder Hobbit kennt. Denn in diesem Jahr gelang es dem Hobbit Tobold Hornblower – oder Hornbläser, wie er in der deutschen Übersetzung heißt –, ein in der Elbensprache Galenas genanntes Kraut anzubauen. Es handelte sich dabei um eine Pflanze, die mit der heutigen Tabakpflanze verwandt ist, der jedoch offenbar die ungesunden oder sogar schädlichen Eigenschaften des Nikotins fehlten. Die volkstümlich als Pfeifenkraut bezeichnete Entdeckung Old Toby Hornblowers leitete eine Tradition ein, die bis auf den heutigen Tag besteht und der sich die Hobbits nicht nur als Hersteller, sondern auch als Verbraucher verpflichtet fühlten.

Nach Old Buck und Old Took war Old Toby die angesehenste Persönlichkeit in der frühen Geschichte der Hobbits. Der Name ist natürlich wieder ein typischer Ausdruck des Tolkienschen Sprachwitzes: Er insinuiert, daß unser Wort Tabak oder Tobak, wie es früher hieß, auf den Namen Toby zurückgeht – dem Hobbit, der als erster das Tabakrauchen praktizierte.

TOBAK → *von Old Toby oder Tobold Hornblower*

Andere Aspekte seines Namens weisen auf Hornblowers Charakter und Beruf hin. Tobold kommt von Theobold in der Bedeutung einer wagemutigen, kühnen Person. Wörtlich bezeichnet »Too-bold« einen Menschen, der »zu kühn« ist. Was den Nachnamen betrifft, so war Hornblower ursprünglich die englische Berufsbezeichnung für einen Vorarbeiter,

der seiner Mannschaft durch das Blasen eines Horns den Beginn und das Ende der Arbeit verkündete. Abgesehen davon ist Hornblower natürlich auch ein passender Name für jemanden, der eine Pfeife benutzt, um Rauchringe in die Luft zu blasen.

TABAK UND TEE
HOBBITS UND BROWNIES

Es fällt auf, daß Tolkien große Sorgfalt darauf verwendete, seine Hobbits zu Verkörperungen des Geistes zu machen, der das Alte England, das England der Angelsachsen, auszeichnete, zugleich aber Anachronismen verwendete, die typisch für das viktorianische und eduardische England waren. Nichts könnte charakteristischer für das England des 19. und 20. Jahrhunderts sein als Tabak und Tee – und nichts weniger charakteristisch für das England der Angelsachsen. Das eine kommt aus Amerika und das andere aus Indien: Gebiete, die den Angelsachsen völlig unbekannt, den Viktorianern aber durchaus vertraut waren.

Die Kultur der Tolkienschen Hobbits ist ein Destillat aus allem, was fundamental englisch ist, unabhängig von jeder Epoche. Die Anachronismen sind beabsichtigt und humorvoll gemeint, aber zugleich zeigen sie, daß die Hobbits den Geist der gepflegten Parklandschaften Englands, nicht den der urtümlichen Naturlandschaften Britanniens verkörpern. Linguistisch stammen die Tolkienschen Hobbits von den englischen Hobs und Hobmen und nicht von den älteren britischen Brownies ab, obwohl sie diesen in vielerlei Hinsicht nachgebildet sind.

Brownies sind kleinwüchsige, schwer faßbare Höhlenbewohner und meist von gütiger Wesensart. Aber Brownies sind ihrer Natur nach keltisch, während die Hobbits absolut englisch sind.

Was Tolkien uns mit seinen Tee trinkenden, Pfeife rauchenden, die Tugenden und Untugenden der Mittelklasse verkörpernden Hobbits bietet, ist eine ausgesprochen englische Version der eher ungezügelten und alles andere als die Mittelklasse verkörpernden Brownies der Kelten.

Typische Merkmale der keltischen Brownies und der englischen Hobbits

Braunhaarig

Braunhäutig

Tragen braune und erdfarbene Kleider

Drei Fuß groß

Eine scheue und verschlossene Rasse

In der Regel gütig und hilfsbereit freundlichen
Menschen gegenüber

Einige neigen zu Schabernack und bösen Streichen

Die meisten leben in Berghöhlen

Einige leben in Waldhöhlen

Andere bevorzugen Flußniederungen

VON BUCCA DEM HOBBIT ZUM PUCK VON BUCHSBERG

Eine Erzählung, die Tolkien zweifellos stark beeinflußt hat, war Rudyard Kiplings *Puck von Buchsberg*. Es ist die Geschichte von Shakespeares Puck als einem der letzten Überlebenden eines Volkes kleiner, brauner, blauäugiger, sommersprossiger Wesen, die in verborgenen Höhlen unter einem Berg wohnen.

In Kiplings Erzählung erfahren wir, daß diese Wesen einst heidnische Götter waren, die mit den ersten Eichen, Eschen und Nadelbäumen nach Britannien kamen. Doch jetzt, da alle großen Wälder verschwunden sind, haben nur einige wenige überlebt und sich in die Berge und Höhlen Englands zurückgezogen.

Abgesehen von der Tatsache, daß dieses seltsame Völkchen uns stark an die Hobbits erinnert, gibt es in Pucks Klage über den verlorenen Glanz der alten Welt Anklänge an den Halb-Elben Elrond, an Tom Bombadil und den Ent Baumbart. Aber wenn wir nach wirklichen Parallelen zwischen Pucks Volk und Tolkiens Hobbits suchen, brauchen wir uns nur die Entwicklung des Namens Puck anzuschauen.

Von Shakespeare bis Kipling hat es sich eingebürgert, mit dem Namen Puck einen spitz-

bübischen, aber nicht bösen Geist oder Kobold zu bezeichnen.

Woher stammt der Name?

PUCK *ist ein mittelalterlicher englischer Kobold.*
PUCKEL *oder* PUKA: *ein altenglischer Kobold*
PUCCA *oder* POOKA: *ein altirischer Kobold*
BUCCA *oder* BWCI: *ein altkornischer oder walisischer Kobold*

Was wir hier beobachten, ist die Verwandlung des ursprünglichen keltischen Kobolds Bucca in den englischen Kobold Puck. Es ist jedoch kein Zufall, daß einer der Gründerväter der Hobbits Bucca hieß. Damit impliziert Tolkien, daß wir in ihm den ursprünglichen, archetypischen britischen Kobold zu sehen haben, während Puck nur eine blasse Imitation ist, die von Shakespeare und anderen nicht richtig verstanden wurde.

Und indem er Bucca mit Puck verbindet, erklärt Tolkien seine Absicht, mit der Verwandlung der britischen Brownies in die englischen Hobbits einen ähnlichen Übertragungsprozeß vorzunehmen.

Holman Greenhand, erster Gärtner von Hobbiton

X. Das Shire & MICHEL DELVING

Das Shire – oder das Auenland, wie es in der deutschen Übersetzung heißt – war die Heimat der Hobbits: ein grünes und liebliches Land mit schmucken Dörfern und ordentlich begrenzten Äckern und Weiden. Flüsse und Ströme boten genügend Wasser für die saftigen Wiesen, für Hecken und Wälder. Das Shire ist das Herzland von Mittelerde wie die britischen Shires das Herzland von England sind.

Das Wort Shire kommt vom altenglischen »scir«, der Hauptverwaltungseinheit der Angelsachsen in England vor der normannischen Eroberung. (Später bürgerte sich dafür der Begriff County ein.) Jedes Shire unterstand einem Sheriff oder Friedensrichter.

Ursprünglich war der Sheriff der Shire-reeve (»scir-gerefa«), d. h. der Vertreter und höchste lokale Verwaltungsbeamte des Königs. Nach dem 13. Jahrhundert schwand mit der Einführung von Landgerichten und kleineren Beamten seine Macht, und obwohl der Sheriff nach wie vor der höchste Vertreter der Krone blieb, erschöpften sich seine Aufgaben mehr und mehr in zeremoniellen Pflichten.

Organisatorisch ähnelte das Shire der Hobbits mit seinen Bürgermeistern und Sheriffs den Shires von England. Es feierte die gleichen Frühlings-, Mitsommer- und Herbstfeste wie die Briten und ähnelte ihnen auch darin, daß seine Bevölkerung der Krone genauso ergeben war, allen äußeren Einflüssen mißtraute und der Tradition in einem schon als sturen Konservativismus zu bezeichnenden Maße verhaftet blieb.

Tolkiens Shire (und seine Geschichte) ist tatsächlich ein Abbild der englischen Shires, gestaltet nach den Shires der Midlands (insbesondere Oxfordshire) um die Jahrhundertwende in den letzten Regierungsjahren der Königin Viktoria. In gewisser Weise ist es eine (wenn auch satirisch gebrochene) Idealisierung des guten alten England auf dem Höhepunkt seiner Macht.

DIE GEOGRAPHISCHE UND POLITISCHE STRUKTUR DES SHIRE

Gestalt und Struktur des Shire scheinen von den Hobbits bestimmt worden zu sein – genauer von dem Wort, auf das ihr Name zurückgeht: Hob. Das erste unserer Hokuspokus-Wörter ist auch dasjenige, das die meisten Homonyme in der ganzen Liste aufweist. In diesem Fall beschreibt seine Definition als »Achse oder Nabe eines Rades, von der die Speichen ausgehen« die Gestalt des Shire hinsichtlich seiner äußeren Grenzen und seiner inneren Struktur.

HOB: *Achse oder Nabe eines Rades, von der die Speichen ausgehen*

Das Shire ist geformt wie die unsichere Zeichnung eines Kindes von dem vorderen Rad eines altmodischen Hochrades, das einen Durchmesser von etwa vierzig bis fünfzig Wegstunden (120 bis 150 Meilen) hat. Die vier großen Speichen des Rades gehen von der Nabe aus und teilen das Land in vier Bezirke, die als die Four Farthings, die Vier Viertel, bekannt sind. Das ergibt insofern Sinn, als das altenglische »farthing« ein Viertel oder der vierte Teil bedeutet. Der geographische Mittelpunkt des Shire, seine Nabe, wurde durch einen großen, senkrecht stehenden Stein, den Farthingstone, gekennzeichnet.

An die Four Farthings des Shire grenzten die Länder, die als die Ostmark und die Westmark bekannt wurden: die Gebiete des Buckland und der Tower Hills, der Turmberge.

Das Shire ist voll von Namen, die auch im heutigen England zu finden sind und sich aus denselben Quellen ableiten. Ein Name wie Nobottle, ein Ort, den es sowohl in den englischen Shires wie im Shire der Hobbits gibt, mag uns heute in den Ohren klingen wie ein schlechter Scherz über den Verlust einer Milchflasche, tatsächlich ist er aber ein altenglisches Kompositum aus »niowe« oder neu und »botl« oder Haus, wie es sich wiederfindet in den Namen

Die weißen Felsen von Michel Delving

Newhouse oder Newton oder Newbury. Tatsächlich gab es ein durchaus reales Nobottle in Northamptonshire unweit von Farthingstone, etwa 35 Meilen von Tolkiens Haus in Oxford entfernt. Und 25 Meilen südlich von Oxford lag Newbury in Oxfordshire, nicht weit von Buckland entfernt.

Ähnliche Parallelen erklären, warum das Shire der Hobbits und die englischen Shires Dutzende geographischer Namen gemein haben: Dunharrow (Dunharg), Gladden (Schwertelfluß), Silverlode (Silberlauf), Limlight (Limklar), Withywindle (Weidenwinde), Cherwell, Bree, Combe, Archer, Cherwood, Bucklebury, Budgefort, Hardbottle, Oatbarrow (Tiefenhain), Stock, Frogmorton (Froschmoorstetten), Sackville und viele andere.

MICHEL DELVING,
DIE HAUPTSTADT
DES SHIRE

Die Hauptstadt des Shire war Michel Delving (dem deutschen Leser als Michelbinge vertraut) auf den White Downs, den Weißen Höhen. Der Name Michel Delving war vielleicht ein typischer Hobbit-Scherz, eine Anspielung auf den Titel eines Romans von Charles Dickens: Die Menschen mochten »Great Expectations« (Große Erwartungen) haben – die weniger ambitionierten Hobbits gaben sich mit »Great Excavations« (Großen Ausgrabungen) zufrieden (Michel bedeutet »groß« und Delving »Ausgrabung«).

Michel Delving wurde auf dem Kamm der White Downs errichtet, dem idealen Terrain für den Bau der mächtigen Smials. Michel Delving war auch die offizielle Residenz des Sheriffs oder Mayors (Bürgermeister) des Shire und damit die Town Hall, das Rathaus der Stadt – von den Hobbits, typisch für ihren Humor, umgemünzt in Town Hole (Stadtloch). Hier standen ihnen sämtliche sozialen Dienste zur

Verfügung, die sie brauchten. Michel Delving war überdies ein bedeutendes Handelszentrum und der Ort, an dem die meisten Feste und Jahrmärkte des Auenlands stattfanden. Diese Ereignisse unterstanden der Aufsicht des Mayors, der auch Sheriff und Generalpostmeister war. Als Hauptstadt unterhielt Michel Delving Verwaltungseinrichtungen und Kulturstätten wie das Postamt, den Botendienst, die Polizei und das Shire-Museum.

Der bekannteste Mayor von Michel Delving zur Zeit des Ringkrieges war Will Whitfoot (Willi Weißfuß), ein Mann, der selbst für einen Hobbit ungewöhnlich dick war. Freilich sind die meisten Mayors in Tolkiens Büchern dick, was teilweise darauf zurückzuführen ist, daß Tolkien die Bedeutung des Namens Mayor kannte. (Das lateinische »major« heißt wörtlich »grösser« oder »stärker«.) So war Will der dickste Hobbit des Auenlands. Sein Name Whitfoot (die altenglische Schreibweise für Weißfuß) war durchaus angemessen, da Michel Delving in die weißen Kalksteinfelsen der Downs gegraben war.

Whitfoot war unter den Hobbits der Gegend ein weitverbreiteter Name, doch in diesem Falle inspirierte er Tolkien wahrscheinlich zu der komischen Erzählung von der großen Halle des Town Hole, deren Dach mitten in einer Versammlung zusammenbrach und eine gewaltige weiße Staubwolke aufsteigen ließ. Glücklicherweise wurde niemand verletzt. Nur Will Whitfoot wurde unter den Trümmern begraben und tauchte mit Kalk bedeckt wieder auf. Da er der dickste Hobbit der Gegend war, wurde überall berichtet, daß er wie ein riesiger ungekochter weißer Mehlkloß ausgesehen habe. Und danach kannte man ihn nur noch unter seinem Spitznamen Old Flourdumpling (Alter Mehlkloß).

XI. *Die Hobbitstadt* HOBBITON

Obwohl Michel Delving die Hauptstadt des Auenlands ist und viele Städte viel größer und eindrucksvoller sind, ist Hobbiton-on-the-Hill oder Hobbingen, wie es im Deutschen heißt, von allen Hobbit-Siedlungen die bekannteste. Hobbiton ist nicht wegen seiner Größe oder seiner Lage berühmt geworden, sondern einzig dadurch, daß es das Heimat-städtchen der Baggins-Familie war.

Der Name Hobbiton bedeutet nichts anderes als Hobbitstadt. Aber wenn wir uns die vielen Homonyme für »Hob« anschauen (Nabe, Achse, Zentrum), können wir Hobbiton wohl als die »Nabenstadt« der Hobbits interpretieren. Da »Hob« aber auch Hügel oder Buckel bedeutet, ist Hobbiton zugleich die »Hügelstadt« der Hobbits.

In den englischen Shires gibt es Dutzende von in die Hügel gegrabenen Höhlen: Hügelgräber und Grabhügel, die von den Einheimischen als »Hob Hill Houses« oder »Hobthrush Houses« bezeichnet werden. Nach ihren Vorstellungen sind diese Hobs behaarte kleine Brownies, die je nach ihrer Rasse Hobs, Hobmen, Hob-i-t-hursts, Hob Thrushes und Hob Thrusts genannt werden. Nur wenige Meilen von Tolkiens Haus entfernt gab es ein Hob Hurst's House, ein Hügelgrab, das angeblich von einem Geist namens Hob Hurst bewohnt wurde.

Hobbits sind sowohl »hole-dwellers« (Hohlenbewohner) als auch »hill-dwellers« (Hügelbewohner). Das ist kein Zufall. Vielleicht gibt es tief in den Wurzeln der Sprache eine Erklärung dafür. Besteht eine Verbindung zwischen »hill« und »hole«?

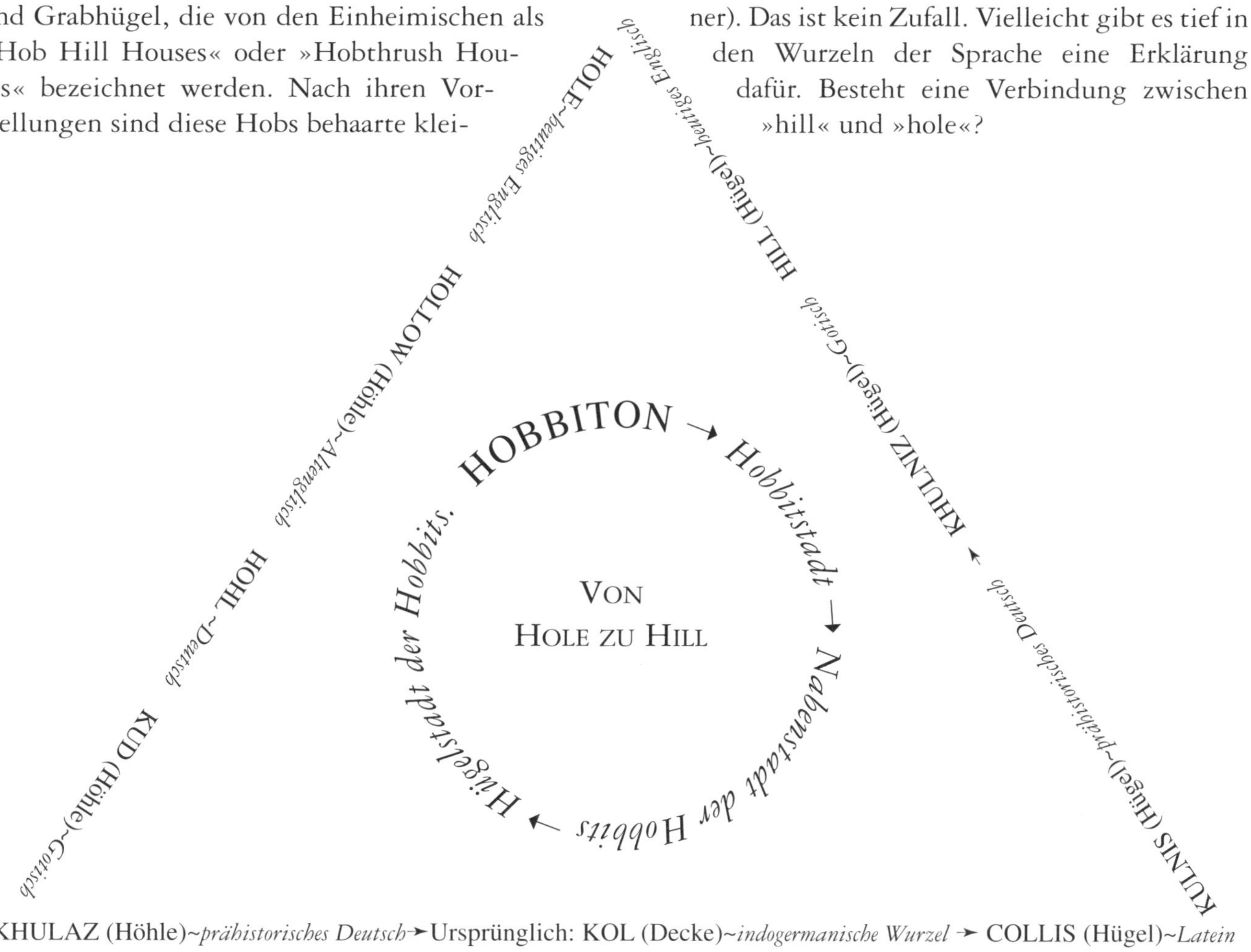

HOBBITON → *Hobbitstadt*

VON HOLE ZU HILL

HOLLOW (Höhle)~*Altenglisch*
HOLE~*heutiges Englisch*
HILL (Hügel)~*heutiges Englisch*
HOHL~*Deutsch*
KHULINZ (Hügel)~*Gotisch*
KUD (Höhle)~*Gotisch*
KULNIS (Hügel)~*prähistorisches Deutsch*
Nabenstadt der Hobbits →
Hügelstadt der Hobbits ←

KHULAZ (Höhle)~*prähistorisches Deutsch* → Ursprünglich: KOL (Decke)~*indogermanische Wurzel* → COLLIS (Hügel)~*Latein*

Hobbiton-auf-dem-Hügel

XII. Bag End:
Ein typisches Hobbithaus

Wer sich einen Eindruck von der Raumaufteilung und Inneneinrichtung eines typischen Hobbit-Smials verschaffen will, kann nichts Besseres tun, als sich das berühmte Haus von Bilbo und Frodo Baggins in Bag End (Beutelsend) anzuschauen. Nach allgemeiner Ansicht die schönste Höhle in Hobbiton, war es der Inbegriff eines traditionellen Hobbit-Landsitzes – gut geschnitten, warm, gemütlich und äußerst bequem, aber ohne Firlefanz. Die unprätentiöse Art dieses Smials fand ihren treffenden Ausdruck in seinem Namen Bag End.

Hier klingt ein leicht satirischer Unterton an, denn Bag End ist eine wörtliche Übersetzung von »cul de sac« – einem Ausdruck, der eigentlich zu keiner Sprache gehört. Er wurde Anfang des 20. Jahrhunderts von snobistischen Häusermaklern erfunden, die die Bezeichnung »dead end« (Sackgasse) als zu ordinär empfanden. Das französisierte »cul de sac« erschien ihnen kultivierter, obgleich die Franzosen mit dem Begriff nichts anfangen können. Sie bezeichnen eine Sackgasse als »impasse«.

BAG END
→ CUL DE SAC *(französisiertes Englisch)*
→ IMPASSE *(Französisch)*
→ DEAD END *(Englisch)*

Die Tolkienschen Baggins von Bag End waren echte Hobbits und hätten für einen solchen französisierten Unsinn kaum Verständnis gehabt. Doch gerade das war der Grund, weshalb der unausstehlich-neureiche andere Zweig der Familie den Doppelnamen Sackville-Baggins (Sackheim-Beutlin) annahm. Die Tatsache, daß ihre Mitglieder aus Sackville in Southfarthing kamen und darauf bestanden, das durch den französisierten Doppelnamen kundzutun, verrät uns alles über diese Emporkömmlinge, was wir wissen müssen. Denn der Name bedeutet eigentlich nichts anderes als »Beutelstadt-Beutlin«.

SACKVILLE → *wörtlich Beutelstadt*
SACKVILLE-BAGGINS → *wörtlich Beutelstadt-Beutlin*

Alles in allem ist Tolkiens Beschreibung von Bag End eine milde Satire der »Heim und Garten«-Gesellschaft der englischen Mittelklasse. Grundsätzlich verabscheute er die prätentiöse und snobistische Einstellung dieser Gesellschaftsschicht, die mit Verachtung auf alles Englische herabsah. Er bevorzugte das unverfälscht Englische in Sprache, Küche und Kultur. Das Haus von Bilbo Baggins in Bag End war für ihn der Inbegriff all dessen, was für ihn mit dem Begriff »englisch« verbunden war.

Mit den Hobbits von Bag End setzte er der Liebe des Engländers zu einfachem häuslichem Komfort ein quasi zeitloses Denkmal. Er idealisiert sie und macht sich zugleich über sie lustig.

DIE ANLAGE DES BAG-END-SMIALS

Alle Hobbit-Smials sind nach einem ähnlichen Grundriß angelegt. Obgleich Bag End größer als die meisten anderen Hobbithöhlen war, unterschied es sich nur durch die äußeren Maße von den umliegenden Anwesen: Ein zentraler Tunnel oder Smial führt parallel zu einer Seite des Hügels. Man tritt an einem Ende ein und durch die Hintertür am anderen Ende wieder heraus. Zu beiden Seiten dieses Korridors sind die einzelnen Räume in die Erde gegraben. Die Zimmer, die zur Hangseite hin liegen, haben runde Fenster, durch die man in den Garten schaut. Die an der anderen Seite gelegenen Räume haben naturgemäß keine Fenster.

Es gibt keine Treppen in einem Hobbithaus. Alle Räume befinden sich auf gleicher Ebene und ähneln denen englischer Landhäuser – mit einer Ausnahme: Die Smials haben wesentlich größere Speisekammern, Küchen und Vorratsräume zur Lagerung von Getränken und Nahrungsmitteln sowie viel mehr Kommoden, Truhen und Kleiderschränke.

Die Hobbits sind geschickte Handwerker und ihre Häuser entsprechend solide gebaut und ausgestattet – von den glänzenden Messingknäufen an der runden Eingangstür bis zu den glänzenden Messingknäufen an der runden Hintertür. Die Wände des langen mittleren Flurs sind ebenso mit Holz verkleidet wie die aller Zimmer, die Fußböden mit schönen Fliesen und Teppichen ausgelegt. Alle Räume sind gemütlich, gut belüftet und mit mächtigen Kaminen ausgestattet, die eine behagliche Wärme ausstrahlen. Das reiche Mobiliar ist handgefertigt und blankpoliert, bemalt oder gepolstert, um so bequem wie möglich zu sein.

Der Erbauer von Bag End

Bag End wurde von Bilbo Baggins' Vater Bungo Baggins errichtet. Das gibt Tolkien Anlaß zu einer Reihe von Wortspielen, die sich alle um den Namen Bungo drehen.

Bag End war Bungos Haus, doch in der Hobbitsprache, in der alle männlichen Namen auf a enden, war es ursprünglich Bungas Haus, also ein Bungalow, ein niedriges einstöckiges Gebäude.

BAG END
→ *Bungas Haus* → *Bungalow* → *niedriges einstöckiges Haus* → *Bungas Smial* → *Bag End*

Doch Bungos Haus ist auch Bungos »Hole«, und die englische Bezeichnung »bunghole« für einen Müllplatz kommt von dem Wort »bung«, was »mit einem Korken oder Stöpsel verschließen« bedeutet.

Beides weist auf die Gewohnheit der Hobbits hin, ihre Höhlen mit allen möglichen unbrauchbaren Sachen zu füllen, Dinge gewissermaßen einzustöpseln und nichts wegwerfen zu können. Überdies ist »bunghole« das Spundloch an einem Wein- oder Bierfaß und erinnert an die runde Eingangstür eines Hobbithauses.

BAG END
→ *Bungos Hole* → *Bunghole*

Doch damit nicht genug. Vom 16. bis zum frühen 20. Jahrhundert hatte der englische Slangausdruck »bung« eine ähnliche Bedeutung wie das Wort »bagg« in Baggins, nämlich »Börse« oder »Beutel«. Daher könnte man Mr. Bungo Baggins von Bag End auch vereinfacht bezeichnen als Mr. Bag Bag von Bag End.

BUNGO BAGGINS
→ *Bung* → *Börse* → *Geldbeutel* → *Bagg* → *Bagg(ins)*

Im 19. Jahrhundert entstand das Verbum »to bung«, »wegwerfen«. Daraus wurde der Slangausdruck »bungo«, was »verschwinden« bedeutet, besonders in Verbindung mit Geld. »Bung-go« heißt wörtlich »Börse weg« (»purse-gone«).

BUNGO
→ *Bung-Go* → *Verschwinden* → *Börse weg* → *Bag-Gone* → *Baggins-Gone*

Wie es scheint, erbte Bilbo Baggins von seinem Vater Bungo nicht nur den Bungalow Bag End, sondern auch die Neigung der Baggins, plötzlich zu verschwinden. So verschwanden Bungo (und seine Frau) nach einem Bootsunfall, um nie zurückzukehren. Und Bilbo Baggins verschwand zweimal: das erstemal nach der »Unvorhergesehenen Gesellschaft« am Anfang von *Der kleine Hobbit*, das zweitemal nach dem »Langerwarteten Fest« am Anfang des von *Der Herr der Ringe**.

---

* Frodo Baggins setzte diese Tradition fort, indem er ebenfalls zweimal verschwand, am Anfang und am Ende von *Der Herr der Ringe.*

Gästezimmer   Gästezimmer   Kleidung u. Wäsche   Kellerraum   Kellerraum   Vorratskammer

Gästezimmer   Schlafzimmer   Bad   Herrenzimmer

Vorratskammer   Küche   Salon   Kammer

Speisezimmer   Wohnzimmer

XIII. *Eine Verschwörung der* ZWERGE

Das ruhige Leben von Bilbo Baggins wurde für immer gestört durch die Ankunft von dreizehn Zwergen, die ein Komplott geschmiedet hatten. Bekannt als Thorin und seine Gefährten, warben diese Verschwörer den angesehenen Hobbit als Meisterdieb an und nahmen ihn mit sich auf ihre abenteuerliche Reise.

Wer waren diese Zwerge? Und warum waren sie in dieses Abenteuer verwickelt?

Zunächst einmal waren sie für Tolkien Dwarves und keine Dwarfs. Er wählte diese Pluralform des englischen Wortes für Zwerg, um sie als eigenständige Rasse kleinwüchsiger, bärtiger Wesen und nicht als verwachsene Menschen (Dwarfs) zu kennzeichnen, obgleich er einräumte, daß der linguistisch richtige Ausdruck für seine Zwerge »Dwarrows« gewesen wäre.

DWARF *(heutiges Englisch) – Plural ist Dwarfs*
DWEORH *(Altenglisch) – Plural ist Dwarrows*
DWEORH *(Westron) – Plural ist Dwarrows*
DWARF *(übersetztes Westron) – Plural ist Dwarves*

So finden wir in Tolkiens Büchern, daß Dwarf (heutiges Englisch) im Plural zu Dwarfs wird und Dweorh (Altenglisch und Westron) zu Dwarrows und das aus dem Westron übersetzte Dwarf zu Dwarves. Es sei noch erwähnt, daß Dwarf auf die indogermanische Wurzel »dhwergwhos« zurückgeht, was »klein« bedeutet.

DWARF ist abgeleitet von:
DWEORH *(Altenglisch)*
DVERGR *(Altnordisch)*
TWERG *(Althochdeutsch)*
DVAIRGS *(Gotisch)*
DWERGAZ *(Prähistorisches Deutsch)*
DHWERGWHOS *(Indogermanisch in der Bedeutung »klein«)*

Im *Kleinen Hobbit* gehören Thorin und seine Gefährten jener Rasse an, wie wir sie etwa aus den Märchen der Gebrüder Grimm kennen. Sie könnten auch in »Schneewittchen und die Sieben Zwerge« oder in »Rumpelstilzchen« eine Rolle spielen. Wir assoziieren sie mit gehorteten Goldschätzen, mit Bergstollen und dem mürrischen, sturen Wesen der Märchenzwerge.

Im *Herr der Ringe* treten sie jedoch in anderer Gestalt auf; sie sind zu einer eigenen Spezies in Tolkiens epischer Welt geworden. In ihrer eigenen Sprache bezeichnen sie sich als Khazad und bilden eine Rasse grüblerischer, schicksalergebener Geschöpfe, die den Zwergenschmieden der nordischen Mythologie gleichen.

Die Namen der einzelnen Zwerge stammen natürlich nicht aus unserem Hokuspokus-Wörterbuch. Tolkien entnahm sie vielmehr direkt seiner Hauptquelle, der sogenannten »Prosa-Edda«, einem altisländischen Werk des 13. Jahrhunderts. Die Edda berichtet in groben Zügen von der Erschaffung der Zwerge und führt dann in einer Liste, die als »Dvergatal« bezeichnet wird, ihre Namen auf.

Alle Zwerge im *Kleinen Hobbit* erscheinen auf dieser Liste: Thorin, Dwalin, Balin, Kili, Fili, Bifur, Bofur, Bombur, Dori, Nori, Ori, Oin und Gloin. Weitere Zwergennamen, die Tolkien in der Edda fand und später verwendete, sind u. a.: Thrain, Thror, Dain und Nain. Auch der Name Durin wird als der eines geheimnisvollen Schöpfers der Zwerge in der Edda genannt. Tolkien benutzte ihn später für den ersten Zwerg der Durin-Dynastie.

Zugleich stellte er Spekulationen darüber an, wie die Dvergatal-Liste entstanden sein mochte, d. h. er machte daraus eine seiner typischen Rätselfragen.

Die Antwort lautete, daß sie auf ein verschollenes Epos der Zwerge zurückging, vielleicht ein Epos über die Langobarden oder Langbärte (ein alternativer Name für Tolkiens Zwerge). Die Legende berichtet, daß dieser alte germanische Stamm seine Schätze und sein Reich an die Drachen verlor.

RÄTSELFRAGE: »*Was war das Dvergatal?*«
ANTWORT: »*Ein verschollenes Epos der Zwerge.*«

Um etwas über dieses Epos herauszufinden, das die Zwerge einst »in ihren steinernen Hallen« rezitierten, benutzte Tolkien alle Hinweise, derer er habhaft werden konnte.

Wieder einmal griff er auf die Sprache selbst zurück, um Antworten auf seine Fragen zu finden, und benutzte die Liste der Zwergennamen, um das Abenteuer zu gestalten, das sie bestehen sollten.

Es überrascht nicht, daß der Name des Führers der zwölf Zwerge Thorin ist, was »kühn« bedeutet. Doch gab Tolkien ihm noch einen zweiten Zwergennamen von der Dvergatal-Liste: Eikinskjaldi, wörtlich übersetzt »vom Eichenschild«. Dieser Name war verantwortlich für das Erfinden einer Geschichte, in der Thorin bei einem Kampf mit den Goblins sein Schwert zerbrach, aber weiterkämpfte, indem er einen Eichenast vom Boden aufhob, den er als Keule und Schild benutzte.

Thorins Vater, der von einem Drachen getötet wurde, als er sich hartnäckig dem in sein Reich einfallenden Untier widersetzte, hieß Thrain, was »hartnäckig« oder »stur« bedeutet. Thorins Schwester hieß Dis, was einfach »Schwester« heißt. Thorins Sohn und Rächer, der die Zwerge der Eisenberge anführte, war Dain Ironfoot, wörtlich »Tödlicher Eisenfuß« – ein Name, der seinem kriegerischen Wesen entsprach.

Auch die Gefährten Thorins trugen Namen, die ihren körperlichen oder charakterlichen Eigenschaften angemessen waren. Bombur, was »prall« heißt, war ohne Frage der dickste von ihnen und Nori, was »winzig« heißt, der kleinste. Balin, »Der Brennende«, war ein feuriger Krieger, aber warmherzig seinen Freunden gegenüber. Ori, »Der Rasende«, kämpfte wie ein Wilder, bevor er in Moria getötet wurde, und Gloin, »Der Glühende«, errang Ruhm und Reichtümer.

In der Edda erscheint Durin als geheimnisvoller Schöpfer des Zwergengeschlechts. Tolkien benannte den Ersten König der Zwerge nach ihm. Eigentlich heißt Durin soviel wie »schläfrig« – was an einen der Sieben Zwerge Schneewittchens erinnert, die auf dieselbe Quelle zurückgehen –, doch Tolkien erschafft mit Durin als dem be-

deutendsten der Sieben Zwergenväter und dem ersten der Sieben Schläfer, welche die steinernen Hallen erwecken und die Rasse der Zwerge ins Leben rufen, eine epische Gestalt von großer Ausdruckskraft.

Es kann kaum bezweifelt werden, daß die Dvergatal-Liste für Tolkien ein Mittel war, die Geschichte, den Ursprung und den Charakter seiner Zwerge zu gestalten. Und die abenteuerliche Reise des *Kleinen Hobbit* war zu einem guten Teil nichts anderes als Tolkiens beredte Antwort auf das geheimnisvolle Rätsel des Dvergatal.

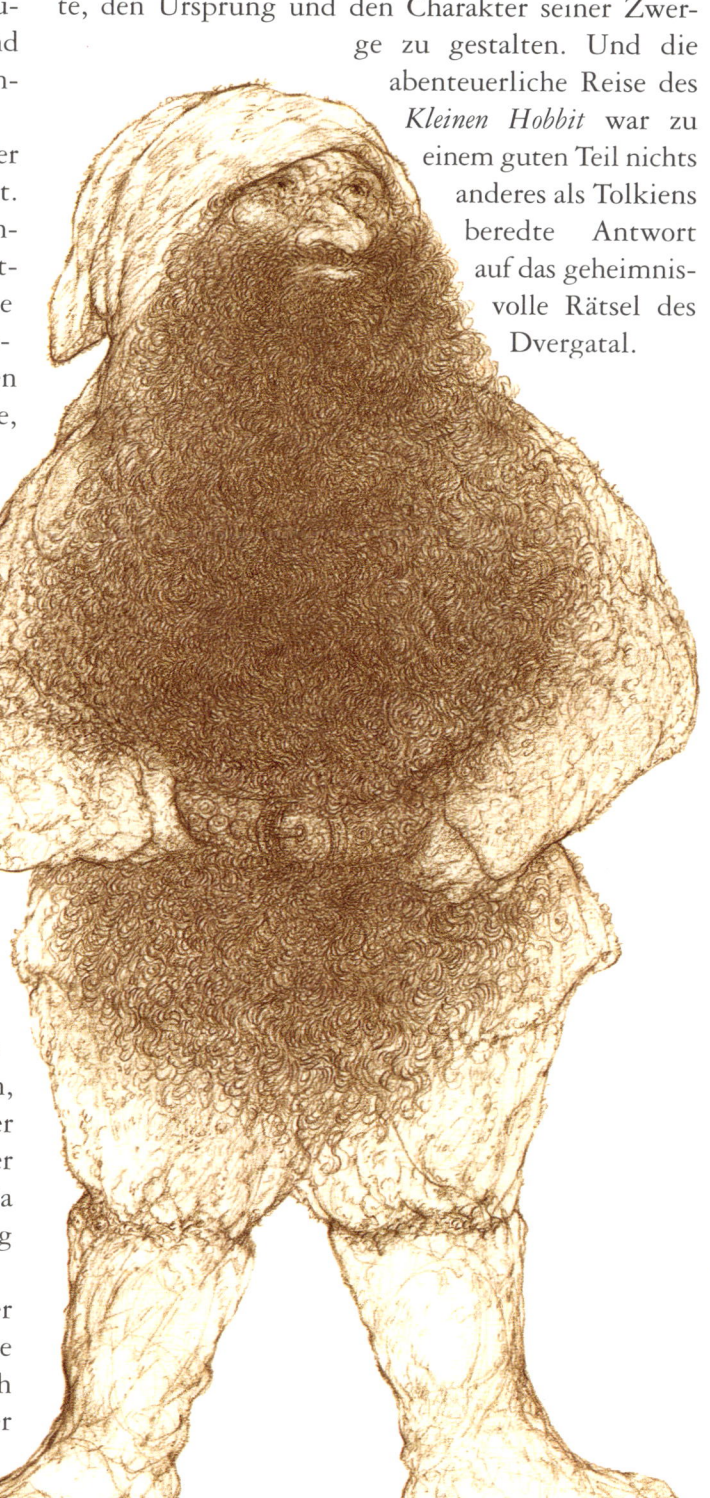

XIV. GANDALF
der Zauberer

Wie Thorin und seine Gefährten ihre abenteuerliche Reise im Kleinen Hobbit *als mehr oder weniger standardisierte Märchenfiguren antreten, so erscheint auch Gandalf als eher komisch gezeichnete Märchengestalt. Im* Kleinen Hobbit *hat er etwas von einem zerstreuten Professor an sich, von einem Zauberer, der alles durcheinander bringt.*

Es ist Gandalf, der die Zwerge und den Hobbit zusammenführt und die Schatzsuche in die Wege leitet. Dadurch, daß er das Element des Abenteuerlichen und der Magie in die Alltagswelt der Hobbits einführt, verwandelt er Bilbo Baggins' Welt.

Gandalf ist es auch, der Thorin und seine Gefährten als Bande gesetzloser Abenteurer Eintritt in Bilbos Haus verschafft. Und genau diese Verbindung von Alltäglichem und heldenhaft überhöhtem Epischen ist es, was den *Kleinen Hobbit* so reizvoll macht. Erlebnisse mit Drachen, Trollen, Elben und Unholden werden einer Welt entgegengesetzt, in der die Protagonisten es genießen, geruhsam ihren Nachmittagstee zu trinken, Gebäck zu knabbern und Rauchringe in die Luft zu blasen.

So tritt Gandalf im *Kleinen Hobbit* als Märchenzauberer mit spitzem Hut, langem Mantel und Zauberstab auf – eine amüsante und liebenswerte Gottvater-Gestalt. Gandalfs spätere Verwandlung im *Herr der Ringe* mag zunächst überraschen, aber Tolkien kommt es gerade darauf an, dem Leser zu zeigen, daß hinter allem Märchenhaften der Zauberer mächtige Archetypen stehen, in denen die Kräfte der Mythen und Epen vergangener Zeiten sich bündeln.

Gandalf hat viele Vorbilder.

GANDALF
⇒⇒ *Merlin der Kelten*
⇒⇒ *Odin der Wikinger*
⇒⇒ *Wotan der germanischen Stämme*
⇒⇒ *Merkur der Römer*
⇒⇒ *Hermes der Griechen*
⇒⇒ *Thoth der Ägypter*

Alle stehen in Zusammenhang mit Magie, Zauberei, Geheimwissenschaften und Geheimlehren. Merlin, Odin und Wotan gleichen sich darin, daß sie wie Gandalf gewöhnlich in Gestalt eines alten Mannes auftraten, in einen grauen Mantel gehüllt und mit einem Wanderstab ausgerüstet. Wie Gandalf verfügten sie über magische Kräfte. Es ist bezeichnend, daß diese Zauberer den Helden als Führer dienten und ihnen häufig halfen, durch Einsatz ihrer Zauberkräfte gegen alle Widrigkeiten unmöglich erscheinende Taten zu vollbringen.

In den ersten Fassungen des *Kleinen Hobbit* hatte J. R. R. Tolkien nicht Thorin Eichenschild, sondern seltsamerweise einen anderen Zwerg namens Gandalf als Anführer der Zwerge auserkoren. (Der Name Gandalf ist ebenfalls auf der Dvergatal-Liste zu finden.)

Erst in einer späteren Fassung wurde der Zwerg Gandalf in den Zauberer Gandalf verwandelt. Ohne Frage hatte die Bedeutung des Namens Gandalf – wörtlich »Elbenzauberer« – Tolkien inspiriert, einen für die Handlung unwichtigen Zwerg durch einen wesentlich ergiebigeren Zauberer zu ersetzen.

Wenn wir uns die Bestandteile des Namens Gandalf näher anschauen, wird deutlich, daß er sich auf verschiedene Weise übersetzen läßt. Seine Bedeutung schillert wie die Persönlichkeit des Zauberers. Tatsächlich kann es durchaus der Name Gandalf selbst gewesen sein, der Tolkien veranlaßte, der Handlung im *Herr der Ringe* eine andere Wendung zu geben und aus Gandalf dem Grauen Gandalf den Weißen zu machen.

Gandalf geht auf den Namen Gandalfr in der isländischen Edda zurück. Das altnordische Element des

Namens ist GAND: eine magische Kraft oder die Kraft Gands in der Bedeutung »Astralreise«.

Alternativ können die Elemente GANDR sein, ein Gegenstand, der von einem Zauberer verwendet wird, bzw. der Zauberstab oder die Kristallkugel eines Zauberers; und Alf: Elbe oder weiß.

So lauten die drei besten Übersetzungen für Gandalf: ELBENZAUBERER, WEISSER STAB und WEISSER ZAUBERER.

Alle drei Übersetzungen eignen sich in idealer Weise als Name eines Zauberers. Doch birgt jede eine verborgene Bedeutung, die dazu beitrug, das Schicksal dieser Gestalt zu beeinflussen.

GANDALF – *Elbenzauberer*

Die Übersetzung Elbenzauberer ist insofern bezeichnend, als Gandalf der Zauberer ist, der sich am engsten den Grau-Elben auf Mittelerde anschloß. Und obwohl er selbst kein Elbe war, kam Gandalf aus Aman, dem Reich der Licht-Elben. So weist der Name Gandalf bereits auf Ereignisse hin, die den Elbenzauberer später veranlassen, in seine Elbenheimat jenseits des Westlichen Meeres zurückzukehren.

GANDALF – *Weißer Stab*

Bei seinem ersten Auftreten im *Kleinen Hobbit* wird Gandalf als alter Mann mit einem Stab beschrieben.

Der Stab ist das Zeichen, an dem ein Zauberer zuerst erkannt wird, denn er symbolisiert das alte Zepter der Macht (Zepter ist das griechische Wort für Stab). Der Stab ist auch das Instrument, durch das alle Zauberer Macht ausüben. Die Tatsache, daß der Stab weiß ist, läßt auf einen Zauberer schließen, der weiße oder gute Magie betreibt – nicht schwarze oder böse.

GANDALF – *Weißer Zauberer*

Weißer Zauberer ist wahrscheinlich die beste und einfachste Übersetzung von Gandalf. Ursprünglich tritt er als Gandalf der Graue auf, als zerlumpter alter Mann, der bei seinen vielen Abenteuern jedoch nur weiße oder gute Magie ausübt. Am Ende offenbart sich seine wahre Natur, wenn er als Gandalf der Weiße wiedergeboren wird.

Die Übersetzung Weißer Zauberer zeigt, wie bestimmend die Bedeutung, die sich hinter einem Namen verbirgt, für Tolkien werden konnte. Anfangs trug Gandalf den Titel eines Grauen Zauberers, während eine andere Gestalt namens Saruman der Weiße Zauberer war. Wir erfahren, daß der Elbenname von Saruman Curunir war, was »Mann der Fertigkeiten« bedeutet. Doch Saruman ist von einem altenglischen Wort abgeleitet, das Schmerzenmann« bedeutet – ein Name, der nur einem bösen (Schwarzen) Zauberer zukommen konnte.* Zugleich erfahren wir, daß der Elbenname von Gandalf Mithrandir war, was »Grauer Pilger« bedeutet (ein passender Name für einen Grauen Zauberer). Doch Gandalf ist andererseits ein altnordisches Wort mit der Bedeutung »Weißer Zauberer« – ein Name, der nur einem guten (oder Weißen) Zauberer zustand.

Wie wir zuvor gesehen haben, bestimmt die verborgene Bedeutung eines Namens bei Tolkien oft das Schicksal einer Gestalt. Saruman der Weiße Zauberer wurde der böse Zauberer von Isengart, während Gandalf der Graue Zauberer als Gandalf der Weiße Zauberer wiederauferstand.

Wieder einmal übernimmt Tolkien selbst die Rolle eines Zauberers und verblüfft uns durch ein Spiel mit der Sprache: ein bißchen linguistischer »Hokuspokus«, und aus Weiß wird Schwarz, und aus Grau wird Weiß.**

---

* Ein weiteres Beispiel für Tolkiens altenglische Wortspiele: *Saromann* heißt »Schmerzenmann«, während das ähnliche *searomann* »Mann der Fertigkeiten« bedeutet.
** Tolkien, der sich erst zufrieden gab, wenn er den dunkelsten Wortassoziationen nachgegangen war, scheint das Schicksal seiner Zauberer mit zwei weiteren Übersetzungsmöglichkeiten des ersten Bestandteils in Gandalfs Namen verbunden zu haben: *gandr* als »Kristallkugel« und *gand* als »Astralreise«. Denn Sarumans Niedergang erfolgt, als er einen »verzauberten Kristall«, den Palantir, benutzt, und Gandalf wird durch eine Art »Astralreise« gerettet, die seine Auferstehung ermöglicht.

xv. TROLLE & RIESEN

Die feindlichen Geschöpfe, die sich Bilbo Baggins und Thorin samt seinen Gefährten auf ihrer Reise entgegenstellten, fand Tolkien in den Fragmenten angelsächsischer Literatur, die er erforschte. Weiter war es die Sprache selbst, die ihm diese Welt erschloß; oft waren es nur Phrasen oder einzelne Wörter, aus denen sich dann ganze Kapitel oder Szenarien entwickelten. Er begann auch, die schwer faßbaren Gestalten, welche die Welt der angelsächsischen Mythen bevölkern, klar zu definieren und zu standardisieren.

Er legte großen Wert darauf, einheitliche sprachliche Formen für sie zu finden. So wurden beispielsweise aus »Elfs« Elben und aus »Elfins« Elfen. In den altenglischen und altnordischen Erzählungen werden Elben, Zwerge, Riesen, Hobs, Ents, Elfen usw. völlig unterschiedlich definiert. Tolkien wollte das ändern. Was insbesondere die »Elfs« anbelangt, so schuf er mit seinen Elben eine klar bestimmbare, eigenständige Rasse.

Er untersuchte auch die Etymologie des Wortes Elf und entdeckte, daß es in vielen Sprachen wiederkehrt – sowohl in der Bedeutung »Elf« und »Elbe« als auch in der Bedeutung »weiß« (das lateinische »alba« und das griechische »alphos« bezeichnen beide die Farbe Weiß). In allen Sprachen wird das Wort überdies mit »Schwan« assoziiert.

ELF~*Englisch*
AELF~*Altenglisch*
ALFR~*Altnordisch*
ALP~*Althochdeutsch*
ALBS~*Gotisch*

Viele der Eigenschaften, die Tolkiens Geschöpfe auszeichnen, haben sich aus altenglischen und altnordischen Wörtern entwickelt. In dem epischen Gedicht *Beowulf* ließ sich Tolkien beispielsweise von einer Phrase inspirieren, in der die gequälten Rassen beschrieben werden, die angeblich von dem Brudermörder Kain abstammen. In dieser Phrase finden wir drei von Tolkien erfundene Wesen wieder. Der altenglische Text lautet: »eotenas ond ylfe ond orcneas« und läßt sich am besten übersetzen mit: »Trolle und Elben und Goblins«.

In anderen angelsächsischen Quellen werden die unterschiedlichsten Geschöpfe mit den unterschiedlichsten Wörtern bezeichnet. Ihnen allen gab Tolkien eine einheitliche sprachliche Form.

ORCNEAS~*Untote Dämonen und Unholde im Altenglischen*

ORCPYRS~*Dämonische Riesen oder Riesenunholde im Altenglischen*

WARGS~*Vargr (Wolf) im Altnordischen oder Wearh (Gesetzesbrecher) im Altenglischen, weist auf »Wechselhäuter« oder Werwölfe hin*

BERSERKERS~*Bear + Sark (Krieger, der ein Hemd aus dem Fell eines Bären trägt) im Altnordischen, weist auf »Wechselhäuter« oder Werbären hin*

EOTEN~*Riese oder Ent im Altenglischen*

JOTUNN~*Riese im Altnordischen*

TROLL~*Riese oder Ungeheuer aus der nordischen Sprachenfamilie*

BILBO BAGGINS DER MEISTERDIEB

Zu Beginn des *Kleinen Hobbit* tritt Bilbo Baggins als eine Person auf, die für die für ihn vorgesehene Aufgabe gänzlich ungeeignet zu sein scheint. Warum besteht der Zauberer Gandalf darauf, daß die Zwerge gerade ihn in ihre Dienste nehmen? Tatsächlich sträubt sich Bilbo Baggins anfangs, seiner Rolle

Die zwölf Zwerge, die sich der Aufgabe verschrieben hatten,

DIE SUCHE NACH DEM SCHATZ DES

em Drachen von Erebor den verlorenen Schatz des Einsamen Berges zu rauben, wurden vom Zauberer Gandalf begleitet und vom

Die Gesellschaft der Abenteurer: GANDALF DER ZAUBERER, DER HOBBIT BILBO BEUTLIN, THORIN EICHENSCHILD,

als Meisterdieb gerecht zu werden. Und als er zum erstenmal versucht, den drei Trollen eine Geldbörse zu stehlen, wird er auch prompt erwischt.

Obwohl diese drei Ungeheuer – Bert, Tom und Bill Huggins (reimt sich auf »Muggins«, was Dummkopf, Idiot bedeutet) – nach menschlichen und Hobbitmaßstäben ungeheuer dumm waren, konnten sie sprechen. Das machte sie zu Genies unter den Trollen, und immerhin waren sie schlau genug, Bilbo Baggins' Laufbahn fast zu beenden, bevor sie eigentlich begann.

Die Episode mit den Trollen erinnert an Grimms Märchen *Das tapfere Schneiderlein* und schlitzohrige Charaktere ähnlichen Zuschnitts aus der isländischen Mythologie. Doch letzten Endes ist es der Zauberer Gandalf, dem es gelingt, die Trolle so lange mit trickreichen Gesprächen aufzuhalten, bis die Sonne aufgeht und sie in Stein verwandelt.

In Wahrheit geht es in dieser Geschichte um einen Initiationsritus, der aus dem Durchschnitts- und Alltagshobbit einen epischen Helden macht. Dabei spielt Gandalf die Rolle des Mentors.

In der Episode mit den Trollen benutzt Bilbo zum erstenmal seinen Witz, um Wesen, die größer und stärker sind als er, zu übertölpeln. Nachdem er die Probe bestanden hat, erhält er als Preis aus dem Schatz der Trolle ein Zauberschwert, das von Elben geschmiedete Rapier »Sting« (Stich). Abgesehen davon, daß es sich um eine äußerst wirkungsvolle Waffe handelt, ist Sting Bilbos Bilbo, ein Symbol seiner neu gewonnenen Stärke und zugleich ein Symbol seines wahren Ichs – eines wachen und hellen Geistes, der nicht ungefährlich ist.

BILBO BAGGINS DER GAUNER

Den Schlüssel zu dem, was Bilbo Baggins zum Meisterdieb und Helden macht, finden wir in einem unserer Hokuspokus-Wörter: *Hobber*.

Das Wort Hobber ist ein Ausdruck aus der Ganovensprache des 19. und frühen 20. Jahrhunderts und bezeichnet einen Kriminellen, der es durch eine Verbindung von Taschenspielertricks (oder »stings«) und Diebstahl versteht, reiche Beute zu machen. Er verkörpert das Gegenteil von dem, was man gemeinhin als »Ganovenehre« bezeichnet, da seine Opfer in der Regel andere Kriminelle sind, die sich zuvor in den Besitz der Beute gebracht haben.

Der Ausdruck Hobber kommt von »hobble«, was »verblüffen« oder »übertölpeln« bedeutet. Das kann auf rein physische Weise geschehen, verdankt seinen

Erfolg jedoch meist einem Trick oder einer Reihe von Tricks, und in Tolkiens Welt werden wir häufig Zeuge davon, wie eine stärkere Macht durch Tricks in Form verblüffender Rätselfragen oder vertraglich bindender Wortspiele übertölpelt wird.

Gandalf der Zauberer war der Meinung, Bilbo Baggins sei der perfekte Kandidat für einen Hobber. Da er ein Hobbit war, hatte Bilbo kaum die Möglichkeit, einen Gegner körperlich einzuschüchtern, so mußte er lernen, ihn zu verblüffen oder zu übertölpeln. Wenn er überleben wollte, mußte er lernen, seinen Verstand zu gebrauchen.

Der noch heute gebräuchliche Ganovenausdruck »to hobble« wird 1812 definiert als: »Eine Beute finden, die von einem anderen versteckt worden ist; sich durch Betrug oder Diebstahl in den Besitz einer Beute bringen.« Das genau ist die Methode, die Bilbo Baggins bei fast jedem seiner größeren Abenteuer anwendet. Nachdem er seinen Gegner – sei es ein Troll, ein Unhold oder ein Drache – ausgetrickst hat, »setzt sich« der Meisterdieb »in den Besitz der Beute«.

Unter der Anleitung Gandalfs scheint der unbedarfte Hobbit schnell gelernt zu haben, ein erstklassiger Hobbler zu werden. Nachdem er die erste Probe bestanden hat, wird er mit dem Schwert Sting belohnt. Seine Belohnung für die wesentlich härtere Auseinandersetzung mit dem kannibalistischen Gollum ist der Eine Ring, der ihn unsichtbar macht. Mit diesen beiden Werkzeugen seiner Zunft und einem durch Not und Verzweiflung geschärften Verstand wird Bilbo Baggins ein Meisterdieb, der seinesgleichen sucht, ein Hobbit-Hobbler.

Als er Gollum ausgetrickst und ihm den Einen Ring gestohlen hat, schreit dieser: »Dieb, Dieb, Dieb! Baggins! Wir hassen den Dieb, wir hassen ihn für alle Ewigkeit!« Ein großes Lob, fürwahr, von einem Kollegen, der seit Jahrhunderten gestohlen und gemordet hat.

Als Bilbo Baggins sich wieder der Gesellschaft der Zwerge anschließt, ist er zum eigentlichen Helden der Expedition geworden – eine erstaunliche Verwandlung. Erbarmungslos tötet er mit Hilfe seines Ringes und seines Schwerts im Düsterwald die bösen Riesenspinnen. Nachdem er ihren Netzen entkommen ist und die Zwerge aus den Elben-Verliesen befreit hat, ist es nur noch ein kurzer Weg zum verlassenen Zwergenreich Unter dem Berg bei Eredor, wo der letzte Gegner auf Bilbo Baggins den Hobbit-Hobbler wartet – der Drache des Einsamen Bergs.

diente der Schar als Meisterdieb.

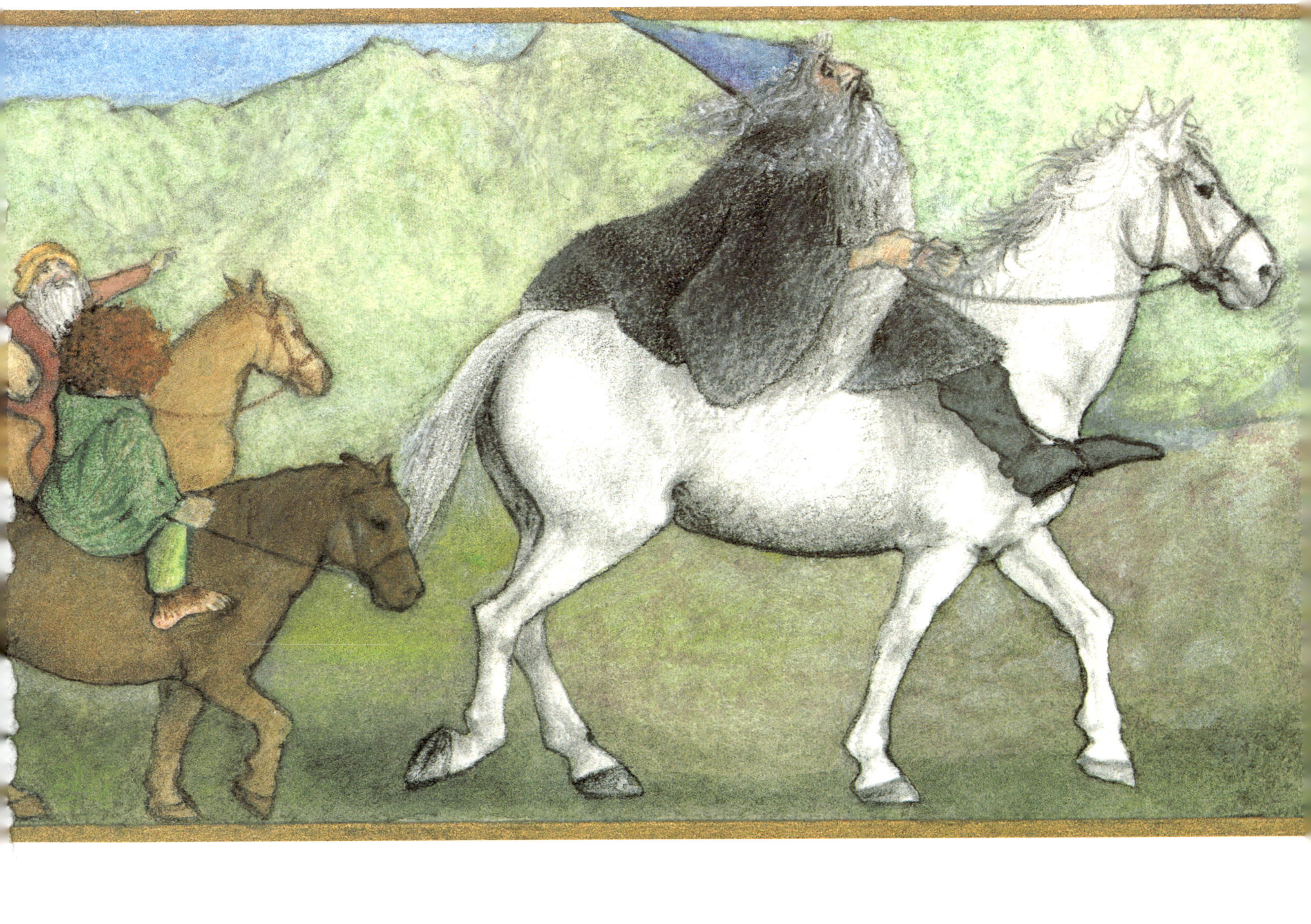

EINSAMEN BERGES VON EREBOR

rechtmäßigen Erben des Königreichs unter dem Berg, Thorin Eichenschild, angeführt. Der Hobbit Bilbo Beutlin von Beutelse

DWALIN, BALIN, KILI, FILI, BIFUR, BOFUR, BOMBUR, DORI, NORI, ORI, OIN UND GLOIN.

XVI. *Der Name des* DRACHEN

Die letzte Probe, die Bilbo Baggins bestehen muß, ist die Begegnung mit dem von allen gefürchteten feuerspeienden Drachen Smaug. Betrachten wir zunächst die Drachen als Art. Was sagt uns das Wort DRACHE?

DRAGON~*Englisch*

DRAGON~*Altfranzösisch*

DRAKE~*Altenglisch*

TRAHHO~*Althochdeutsch*

TRACHE~*Mittelhochdeutsch*

DRACO~*Lateinisch*

DRAKON~*Griechisch*

DARC~*Sanskrit*

Das griechische Drakon bedeutet »Schlange«, ist jedoch abgeleitet von dem griechischen Wort Drakein, was »blicken, starren, blitzen, funkeln« heißt. So weist das griechische Drakon auf die Vorstellung eines grimmig oder böse blickenden Wächters hin. Gleicherweise impliziert das Sanskritwort Darc ein »Wesen, das sein Gegenüber mit tödlichem Blick anstarrt«.

So ist im Griechischen und im Sanskrit die von allen gefürchtete Schlange der tödlich blickende Wächter eines Schatzes oder einer heiligen Stätte. Zugleich wird suggeriert, daß dieses Geschöpf die Fähigkeit besitzt, in dem Sinne zu »sehen«, wie Wesen es tun, die im Besitz eines geheimen Wissens sind.

Im alten Griechenland bewachten Drachen Schätze wie das Goldene Vlies, doch häufiger waren sie Wächter heiliger Brunnen oder Höhlen, an oder in denen Prophezeiungen gesprochen wurden. Der berühmteste war der Drache des Delphischen Orakels, der vom Sonnengott Apoll mit einem Pfeil getötet wurde. Danach verharrte er tief unten in der Erde, doch die Dämpfe seines Atems drangen immer noch durch einen Felsspalt und versetzten die Priesterinnen in einen Trancezustand, in dem sie die Zukunft vorhersagen konnten.

Als Professor für angelsächsische Literatur kennt J. R. R. Tolkien sehr genau das altenglische Epos *Beowulf*, das er einmal als »eine der wertvollsten Quellen« bezeichnete, die er für seinen *Kleinen Hobbit* benutzt habe. Auf den ersten Blick weisen die beiden Geschichten kaum Ähnlichkeit auf, doch in beiden spielt ein Drache eine Rolle, und die Handlungsstrukturen dieser Episoden weisen deutliche Parallelen auf.

Beowulfs schlafender Drache wird von einem Dieb geweckt, der in die Höhle des Untiers eindringt

Worm~Englisch Wyrm~Altenglisch Ormr~Altnordisch Wurm~Deutsch und Althochdeutsch Waurms~Gotisch Wurmuz~Prähistorisches Deutsch Vermis~Latein Wrmi~Indogermanisch

Alle gehen auf die indogermanische Wurzel WER zurück, was »Drehung« oder »Windung« bedeutet. So ist ein Wurm ein sich drehendes, sich windendes Geschöpf.

tauschbar. So bezeichnet etwa das niederländische Worm ebenso wie das dänische und schwedische Orm eine Schlange.

Das Wort Schlange ist wiederum von der prähistorischen deutschen Wurzel »snag« abgeleitet, was »kriechen« bedeutet.

DAS GEHEIMNIS DES DRACHEN

Als Tolkien seinen geflügelten, feuerspeienden Drachen schuf, griff er praktisch auf die gesamte Drachenmythologie der westlichen Kulturen zurück. Überdies verwendete er Elemente, die sich aus den Wörtern Drache und Wurm ergaben. Dann wählte er einen Namen, der alles umfaßte, was er im Sinn hatte, einen Namen, der ein absolut böses und hochintelligentes Ungeheuer bezeichnete. Diesen Namen fand er in dem Wort Smaug.

Der heutige Leser assoziiert das Wort natürlich sofort mit dem modernen Begriff »Smog«, jener Mischung aus Rauch und Nebel, die hauptverantwortlich für die Luftverschmutzung unserer Städte ist und bei der man sehr wohl an die üblen Dämpfe denken mag, die ein feuerspeiender Drache ausstößt.

Doch es war ein altenglischer Zauberspruch, der Tolkien zur Erschaffung Smaugs des Prächtigen inspirierte – ein Zauberspruch, der ursprünglich Drachen abwehren sollte: »wid smeogan wyrme«, was wörtlich übersetzt heißt »gegen den eindringenden Wurm«.

und ihm eine goldene Schale raubt; Bilbo Baggins dringt in die Höhle des schlafenden Smaug ein und stiehlt aus dem Drachenhort einen kostbaren Pokal. Beiden Dieben gelingt es, unversehrt zu entkommen, doch andere Helden müssen sterben, und in beiden Erzählungen leiden in der Nähe gelegene menschliche Siedlungen unsäglich unter der Wut des Drachen.

Im *Kleinen Hobbit* wird die Drachengeschichte vom Standpunkt des Räubers erzählt. Doch der Beowulf-Drache besitzt keine individuellen Merkmale und hat nicht einmal einen Namen. Im Vergleich zu ihm ist Tolkiens Drache eher mit dem schlauen und bösen Drachen der Wälsungen-Sage verwandt.

DRACHEN UND WÜRMER

In der altenglischen und altnordischen Literatur – und fast in der gesamten europäischen Mythologie – werden die Wörter Drache und Wurm zur Bezeichnung desselben Ungeheuers gebraucht. Doch »Wurm« hat etymologisch eine andere Wurzel und wird eher dazu verwandt, die körperlichen Merkmale von Schlangen zu beschreiben.

Auch Schlangen sind Geschöpfe, die sich drehen und winden; und in den meisten heutigen nordeuropäischen Sprachen sind »Wurm« und »Schlange« aus-

Der Feuerwerk-Drache

Glücklicherweise kannten die meisten Hobbits Drachen fast nur aus alten Elben-Erzählungen, in denen von einer Vielzahl kriechender, krabbelnder und fliegender Ungeheuer berichtet wurde, die einst Mittelerde heimsuchten. Viele Hobbits des Auenlands glaubten nicht an diese Legenden, obgleich sie es liebten, die schaurigschönen Geschichten von Drachen und Helden immer wieder zu hören.

Da Gandalf der Zauberer diese Vorliebe der Hobbits kannte, willigte er ein, eines ihrer Feste durch ein Feuerwerk zu krönen, bei dem ein fliegender Drache erschien, der den nächtlichen Himmel über dem Auenland in gleißendes Licht verwandelte. Das glänzende Schauspiel des in der Luft explodierenden, brüllenden Drachen entzückte und entsetzte die Hobbits in gleicher Weise.

Für Tolkien war diese Formel weniger ein Zauberspruch als eine Rätselfrage. Denn es war nicht der Spruch selbst, sondern die Antwort auf die Rätselfrage, die den verheißenen Schutz vor dem Drachen gewährte. Um das Rätsel zu lösen, fragte Tolkien daher zunächst: »Wie schützt man sich vor dem eindringenden Wurm?«

Nur wer das Geheimnis des Namens des Drachen enthüllt, kann den Drachen besiegen. Das ist natürlich eine Variation der alten Geschichte vom Rumpelstilzchen – und Hunderter anderer Märchenerzählungen. Sie alle beruhen auf dem Glauben, daß die Nennung eines Namens im Grunde ein magischer Akt ist. Es gehört auch zu den Grundüberzeugungen des Schamanismus, die letztlich auf der Beobachtung beruht, daß man

nur das beherrschen kann, was man kennt. J. R. R. Tolkien glaubte, daß die Antwort (wie bei allen guten Rätseln) im Rätsel selbst lag: »wid smeogan wyrme«.

So fragte er sich, warum der Drache als »smeogan« oder eindringender Wurm bezeichnet wird. »Smeogan« führte nach seiner Überzeugung zur Lösung des Geheimnisses des Drachennamens.

Tolkien erkannte, daß das Adjektiv »smeogan« in der Bedeutung »eindringend« und das Verb »smeagan« (»sich kundig machen«) zusammen mit dem verwandten »smeagol« (»sich eingraben, sich einschleichen«) und dem Verb »smugan« (»durchkriechen«) samt und sonders abgeleitet waren von dem rekonstruierten prähistorischen deutschen Verb »smugan« (»sich durch ein Loch zwängen«).

RÄTSELFRAGE: »Wie schützt man sich vor dem Drachen?«

ANTWORT: »Indem man den Namen des Drachen nennt.«

Smeogan~*eindringend (Altenglisch),*
abgeleitet von dem Verb

Smeagan~*sich kundig machen (Altenglisch)*

Smeagol~*sich eingraben, sich einschleichen*
(Altenglisch), abgeleitet von dem Verb

Smugan~*durchkriechen (Altenglisch)*

Alle diese altenglischen Wörter gehen zurück auf das prähistorische deutsche Verb
Smugan~*sich durch ein Loch zwängen*

Indem er dieses Verb in die Vergangenheit setzte, fand er das Wort Smaug, das er selbst»einen billigen
philologischen Scherz« nannte.

Mochte es sich auch um einen billigen Scherz handeln – Tolkien liebte den Klang des Namens Smaug.
Nach seinem Gefühl barg er alle Bedeutungsinhalte der mit ihm assoziierten altenglischen Wörter:
eindringend, sich kundig machen, sich eingraben, sich einschleichen und durchkriechen.

Außerdem war Smaug die adjektivierte Form des altenglischen Verbs »smeagan«, was »verschlagen« oder »schlau« bedeutet.

Das genau war es, was der Name dieses Drachen vermitteln sollte: die Vorstellung eines verschlagenen, schlauen Ungeheuers, das sich zu drehen und zu wenden wußte.

Smeogan~*eindringend*
Smeagan~*sich kundig machen*
Smaug~*verschlagen, schlau*

Tolkiens Lösung für das Rätsel des Drachennamens: Smaug

Der Hobbit und der Drache

Ausgestattet mit dem Einen Ring, der ihn unsichtbar machen kann, und dem Schwert Sting, ist Bilbo Baggins bei seiner ersten Begegnung mit dem Drachen bereits ein anerkannter Meisterdieb. Es ist mittlerweile deutlich geworden, daß Gandalf die richtige Wahl getroffen hatte, als er ihm die Aufgabe zuwies, den Schatz des Drachen zu plündern.

Schließlich hatte Bilbo vieles mit dem Drachen gemein. Er war ein Hobbit (»holbytlan«) und Smial-Bewohner, d. h. ein Höhlenbauer und ein Höhlenbewohner. Dasselbe ließ sich von Smaug sagen, der »sich durch ein Loch zwängte«, um seinen Schatz im Berg zu horten.

Noch mehr hatte Gollum mit dem Drachen gemein: Smeagol (sich einschleichen, eingraben) und Smaug (der Wurm, der sich durch ein Loch zwängt) sind beides Namen, die von den altenglischen Wörtern »smeogan« (eindringend) und »smeagan« (sich kundig machen) abgeleitet sind.

Da Bilbo Baggins bereits in das Berglabyrinth von Smeagol Gollum eingedrungen war und das Monster durch Rätselfragen ausgetrickst hatte, war er für seine Begegnung mit dem Drachen gut gerüstet.

Jedem ist jetzt klar, warum ein Hobbit für diese Begegnung auserkoren worden war.

Bilbo Baggins wußte, wie er den Namen des Drachen gegen das Untier verwenden konnte, und war klug genug, seinen eigenen wirklichen Namen nicht preiszugeben. Als Hobbit liebte er Rätselfragen und teilte die Leidenschaft seiner Rasse, den Dingen auf den Grund zu gehen. Außerdem brachte er als Höhlenbewohner, der es gewohnt war, sich durch enge Stollen zu zwängen, alle Voraussetzungen mit, den verschlungenen Gedankengängen des Drachen zu folgen.

Bilbo Baggins machte sich kundig, was der Name Smaug bedeutete, und entdeckte, daß das Ungeheuer tatsächlich verschlagen und schlau war. Er entdeckte aber auch, daß Smaug unerhört neugierig war und daher durch Rätselfragen abgelenkt werden konnte, während er selbst nach einem Fluchtweg suchte.

Das größte Laster Smaugs war jedoch seine Eitelkeit. Bilbo fand heraus, daß Smaug »smug« war, selbstgefällig. Und diese Eitelkeit verleitete ihn, auf die Schmeicheleien des Hobbits hereinzufallen und ihm zu offenbaren, wo er verwundbar war.

Wie benutzt also der Hobbit die Antwort auf die Rätselfrage nach dem Namen des Drachen: »gegen den eindringenden Wurm?«

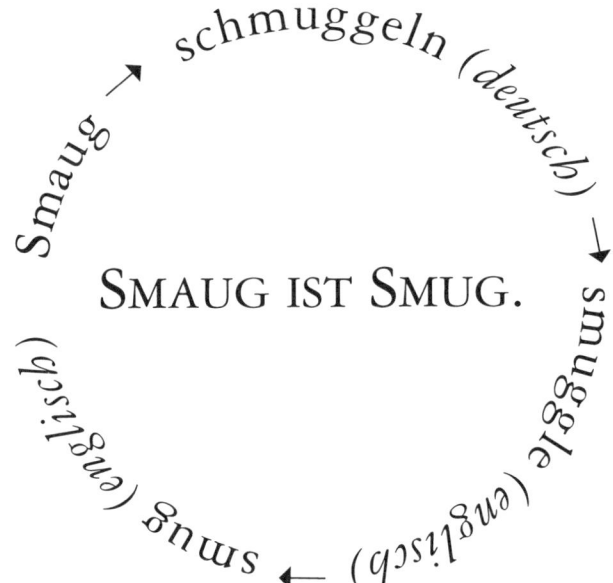

Wie kann man in den eindringenden Wurm *eindringen*, um ihn zu *töten?*

Die Antwort liegt im Namen:
Smaug, *durch ein Loch gezwängt.*

Denn wie Bilbo herausgefunden hatte, gab es eine Stelle am Bauch des Untiers, die ungeschützt war. Der mit Gold und Edelsteinen verkrustete Panzer Smaugs hatte ein »Loch«. Das war es, was der Hobbit bald darauf Bard dem Bogenschützen mitteilen ließ: Wenn es Bard gelinge, dieses Loch mit seinem Pfeil zu treffen, könne er den Feuerdrachen töten.

Und als der Pfeil tatsächlich sein Ziel fand, fiel Smaug der Goldene tödlich verletzt vom Himmel.

XVII. *Die* HOBBIT-GESELLSCHAFT

Das Kapitel »A Long Expected Party« (deutsch: »Ein langerwartetes Fest«), mit dem Tolkien seinen Roman Der Herr der Ringe *eröffnet, ist eine Anspielung auf das erste Kapitel des* Kleinen Hobbit, *das die Überschrift trägt »An Unexpected Party« (»Eine unvorhergesehene Gesellschaft«). Doch die Gesellschaft, die sich zu Bilbo Baggins' kleiner Teeparty zusammenfindet, hat wenig Ähnlichkeit mit der Gesellschaft, die etwa sechzig Jahre später seinen »einundelfzigsten« Geburtstag feiert.*

Letzteren nimmt der Autor zum Anlaß, das Leben der Hobbits in epischer Breite auszumalen. Hunderte von Gästen treten auf und werden in all ihrer Komik und vibrierenden Vitalität geschildert. Es ist ein Fest, das mit Bilbos Verschwinden endet. Aber die Hobbits feiern mit diesem Fest auch den Tag, an dem Frodo Baggins mündig wird, an dem er (als Bilbos Vermächtnis) Beutelsend – Bag End –, das Schwert Stich und den Einen Ring erbt und Bilbos Rolle als Abenteurer übernimmt. Nirgends gaben sich Hobbits ungezwungener als auf Festen, denn obwohl sie den Umgang mit anderen Rassen scheuten, waren sie unter sich äußerst gesellig. Ständig suchten sie nach Anlässen, Partys zu veranstalten, sich zu Picknicks zusammenzufinden und Feste zu feiern, bei denen Unmengen von Getränken und Leckereien verzehrt wurden. Es wurde gesungen, getanzt, getratscht, gelacht und gescherzt bei diesen Gelegenheiten; Geschichten wurden erzählt und Geschenke ausgetauscht. Obwohl Tolkien die Beschreibung von Bilbo Baggins' Fest dazu benutzt, die einfachen Freuden der Hobbits (und des englischen Landlebens) zu preisen, ist nicht zu übersehen, daß er auf liebevoll-satirische Weise auch so etwas wie Sozialkritik übt. Sie zielt vor allem darauf ab, die aufgeblähte Wichtigtuerei einer sehr kleinbürgerlichen Gesellschaft auf die Schippe zu nehmen. Tolkien verbrachte Hunderte von Stunden damit, Namen zu erfinden und ganze Genealogien von Hobbitfamilien zu erschaffen. Der Eindruck, den der Leser von der Komplexität und Vielfalt der Hobbit-

gesellschaft gewinnt, ist nicht zuletzt der suggestiven Kraft vieler dieser Namen zuzuschreiben.

Wie die Namen von Bilbo Baggins, Smeagol Gollum, Smaug dem Goldenen, Gandalf dem Zauberer, Thorin und seinen Gefährten verborgene Geschichten erzählen können, so hat auch jeder der zahlreichen Gäste sein eigenes Leben und eine nur ihm gehörende Geschichte zu erzählen.

Denn neben den berühmten Familien der Tooks (Tuks), Brandybucks (Brandybocks), Hornblowers (Hornbläser) und Baggins' (Beutlins) schuf Tolkien eine Vielzahl anderer Charaktere mit ebenso sprechenden Namen: die Chubbs (Pausbackens), Grubbs (Grubers), Bracegirdles (Straffgürtels), Goodbodies (Gutleibs), Browns (Brauns), Brockhouses (Dachsbaus), Proudfoots (Stolzfußens), Burrowses (Lochners), Ropers (Seilers), Banks (Hangs), Butchers (Fleischers), Gamgees (Gamdschies), Cottons (Hüttingers), Brownlocks (Braunlocks), Twofoots (Zwiefußens), Gardners (Gärtners), Goldworthys (Goldwerts), Goolds (Gulds), Greenhands (Grünhands), Overhills (Oberbühls), Underhills (Unterbühls), Sandymans (Sandigmanns), Whitfoots (Weißfußens), Noakes (Eichlers), Sackvilles (Sackheims), Puddifoots (Patschfußens) u. a.

Vielen von ihnen gab Tolkien Rufnamen, die exotisch anmuten. Und aus diesen Namen entstand eine ganze Gemeinschaft von Hobbits, deren einzelne Charaktere so lebendig gezeichnet sind, als ob jeder von ihnen einem Porträtmaler Modell gesessen hätte.

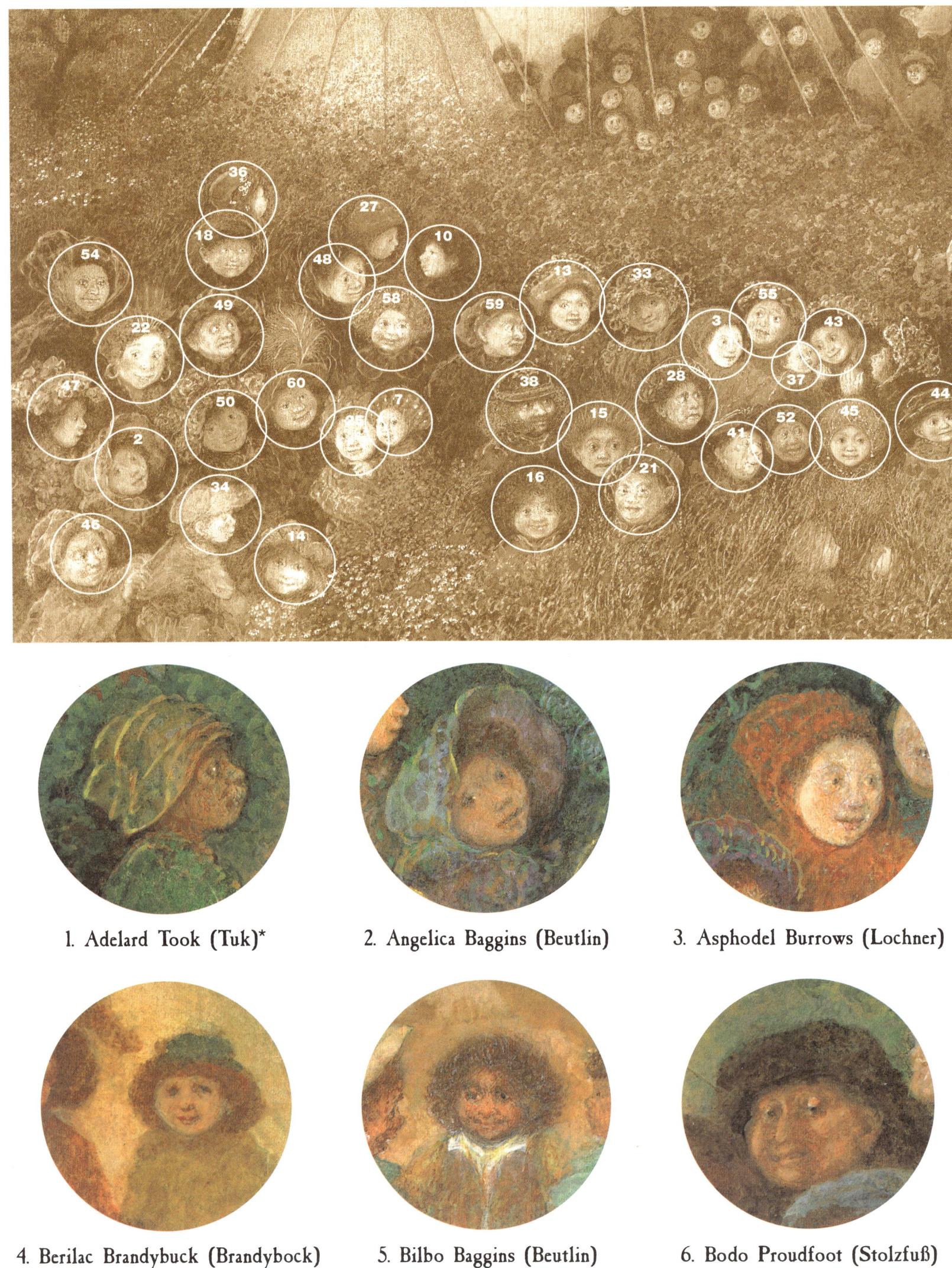

1. Adelard Took (Tuk)*

2. Angelica Baggins (Beutlin)

3. Asphodel Burrows (Lochner)

4. Berilac Brandybuck (Brandybock)

5. Bilbo Baggins (Beutlin)

6. Bodo Proudfoot (Stolzfuß)

* Die in den deutschen Übersetzungen verwendeten Namen oder Namensbestandteile stehen in Klammern hinter den englischen Namen, sofern sie von ihnen abweichen. (Anm. d. Übers.)

. Celandine Brandybuck (Brandybock)

8. Daisy Boffin

9. Dinodas Brandybuck (Brandybock)

. Doderick Brandybuck (Brandybock)

11. Dora Baggins (Beutlin)

12. Dudo Baggins (Beutlin)

13. Esmeralda Brandybuck
(Brandybock)

14. Estella Brandybuck
(Brandybock)

15. Everard Took (Tuk)

16. Ferdibrand Took (Tuk)

17. Ferdinard Took (Tuk)

18. Ferumbras Took (Tuk)

19. Fillibert Bolger

20. Folco Boffin

21. Fredegar Bolger

22. Gilly Baggins (Beutlin)

23. Gorbulas Brandybuck
(Brandybock)

24. Griffo Boffin

25. Hilda Brandybuck
(Brandybock)

26. Hugo Bracegirdle
(Straffgürtel)

27. Ilberic Brandybuck
(Brandybock)

28. Lobelia Sackville-Baggins
(Sackheim-Beutlin)

29. Marmadas Brandybuck
(Brandybock)

30. Mentha Brandybuck
(Brandybock)

31. Merimac Brandybuck
(Brandybock)

32. Merimas Brandybuck
(Brandybock)

33. Milo Burrows (Lochner)

34. Minto Burrows (Lochner)

35. Mosco Burrows (Lochner)

36. Moto Burrows (Lochner)

37. Myrtle Burrows
(Myrte Lochner)

38. Odo Proudfoot
(Stolzfuß)

39. Odovacar Bolger

40. Olo Proudfoot
(Stolzfuß)

41. Otho Sackville-Baggins
(Sackheim-Beutlin)

42. Pearl Took
(Perle Tuk)

43. Peony Burrows
(Päonie Lochner)

44. Pervinca Took (Tuk)

45. Pimpernel Took (Tuk)

46. Ponto Baggins (Beutlin)

47. Poppy Bolger

48. Porto Baggins (Beutlin)

49. Posco Baggins (Beutlin)

50. Prisca Bolger

51. Reginard Took (Tuk)

52. Rorimac Brandybuck
(Rorimack Brandybock)

53. Rosamunda Bolger

54. Ruby Baggins
(Rubinie Beutlin)

55. Rufus Burrows (Lochner)

56. Sancho Proudfoot
(Stolzfuß)

57. Saradas Brandybuck
(Brandybock)

58. Saradoc Brandybuck
(Brandybock)

59. Seredic Brandybuck
(Brandybock)

60. Willibald Bolger

XVIII. Frodo
der Ringträger

Als Bilbo Baggins von Bag End bei seiner berühmten Geburtstags- und Abschiedsfeier auf geheimnisvolle Weise verschwand, ging der Familiensitz Bag End in den Besitz von Frodo Baggins über. Der früh verwaiste Frodo war von seinem wohlhabenden und unverheirateten Vetter adoptiert worden und somit Bilbos rechtmäßiger Erbe. Doch Bilbo hinterließ Frodo nicht nur den Familiensitz, sondern auch den mysteriösen Ring der Macht, den er seinerzeit Gollum abgenommen hatte. Erst siebzehn Jahre später entdeckte Gandalf der Zauberer den wahren Wert des Rings.

Als Träger des Rings begab sich Frodo auf ein Abenteuer, das sich als noch phantastischer erweisen sollte als Bilbos Reise zum Einsamen Berg und bei dem es um mehr ging als darum, einen Drachen zu töten. Sauron, der Herr der Ringe, war zugleich Herr aller bösen Geschöpfe der Welt – seien es Drachen, Balrogs, Trolle, Warge oder Orks.

Herr der Ringe: Sauron
~ Der Abscheuliche *im Hochelbischen*
~ *Anklänge an* Sauros (*griechisch für* Echse)

Der Name Sauron und das griechische »Sauros« weisen auf etwas Bedrohliches hin, da sie an die prähistorischen Dinosaurier (»schreckliche Echsen«) denken lassen. Zweifellos verfehlten sie nicht ihre Wirkung auf das Unterbewußtsein Tolkiens, denn Saurons Geschöpfe, die Ringgeister, reiten auf Luftrössern, die nur von den Pterodaktylen, den Flugsauriern, abstammen können.

Frodo der Ringträger

Was gehörte sonst noch zu dem Erbe, das Bilbo seinem Vetter Frodo Baggins vermachte? Wir haben bereits auf die verschiedenen Bedeutungen des Namens Baggins hingewiesen, die sich auf besondere Formen eines hochspezialisierten Diebstahls beziehen.

Darüber hinaus gibt es jedoch noch einen Ausdruck aus der Ganovensprache, der direkt mit dem »Bag« in Baggins verbunden zu sein scheint. Es ist dies ein Begriff, der verwandt ist mit den von uns untersuchten »Bag Man« und »Baggage Man«, der im Zusammenhang mit dem Einen Ring jedoch eine besondere Bedeutung gewinnt: »Bagger« oder »Bag Thief«.

Bagger, Bag Thief:
*Ein Dieb, der sich darauf spezialisiert hat,
Ringe zu stehlen, indem er die
Hand seines Opfers ergreift.*

Erstaunlicherweise hat der »Bagger« oder »Bag Thief« nichts mit »Baggage« zu tun, sondern ist von dem französischen »bague« abgeleitet, was Fingerring bedeutet und zwischen 1890 und 1940 zum gängigen Sprachschatz gehörte.

Baggins → Ringdieb → Bagger → Bag Thief
→ Bague-Dieb → Ringdieb → Baggins

Offensichtlich hat der Name Baggins von Anfang an nicht nur die Handlung des *Kleinen Hobbit*, sondern auch die des *Herrn der Ringe* maßgeblich bestimmt. Bilbo und Frodo Baggins waren geborene »Baggers« oder Ringdiebe.

Was war zuerst da – die Baggins oder die »Baggers«?

(Bilbo) Baggins → *Bourgeois* → *Bürger*
→ *Burglar* → *Baggage Man* → *Bag Man*
→ *Bag Thief* → *Bagger* → *Bague-Dieb*
→ *Ringdieb* → (Frodo) Baggins

Warum Frodo?

Was steckt in einem Namen? Was für Eigenschaften hatte Frodo, daß er in die Gemeinschaft des Ringes aufgenommen wurde?

FRODO (heutiges Englisch)
→ *Froda (Hobbitsprache)*
→ *Froda (Altenglisch) bedeutet »weise«*
→ *Frothi (nordische Sprachenfamilie) bedeutet »Weiser«*
→ FRODO DER WEISE
→ FRODO DER FRIEDENSSTIFTER

In der altenglischen und skandinavischen Mythologie ist der Name Frodo (oder Froda, Frothi, Frotha) oft verbunden mit einem Friedensstifter. Im altenglischen Epos *Beowulf* versuchte der mächtige König Froda, Frieden zwischen den Dänen und den Barden zu schließen. In der nordischen Mythologie gibt es einen König Frothi, der über ein Reich des Friedens und des Wohlstands herrscht. Und in der isländischen Literatur finden wir Hinweise auf »Frothafrith«, was »Frothis Friede« in Zusammenhang mit einem legendären »Zeitalter des Friedens und des Wohlstands« bedeutet. Das steht in Einklang mit Frodo Baggins, der am Ende des Ringkriegs zu einem bedeutenden Friedensstifter wird. Zumindest im Auenland gab es ein Äquivalent zum »Frothafrith«, den »Frodo-Frieden«: Als nach dem Ringkrieg die Ernte reichlicher ausfiel als je zuvor, ging das Jahr 3020 des Dritten Zeitalters der Sonne als »Jahr des Überflusses« in die Geschichte ein. Ihm folgte das »Zeitalter des Friedens und Wohlstands«. Und alles das verdankten die Einwohner des Auenlands Frodo dem Ringträger.

XIX. *Kameraden &* GEFÄHRTEN

SAMWISE GAMGEE *oder* SAMWEIS GAMDSCHIE, *wie er im Deutschen heißt:* Es kann keinen Zweifel daran geben, daß Frodo Baggins' Freund und Diener alles das verkörperte, was Tolkien seinen Hobbits an schnurrigen Eigenschaften mitgegeben hat. Er war einfältig und bieder, ungeschickt bis zur Tölpelhaftigkeit, dabei stets zu Späßen und Clownerien aufgelegt. Und doch war er Frodo Baggins treu ergeben und hatte ein tapferes Herz, das mehr als einmal seinen Herrn vor Schlimmem bewahrte.

Sein Name bestimmte seine Identität: Samwise Gamgee, der Sohn von Hamfast Gamgee. Sein Herr war Frodo, der Weise; so ist es nur logisch, daß der Name des Dieners »halb-weise« oder »simpel« bedeutet. Der Name seines Vaters war ebenso bezeichnend: Hamfast bedeutet »Bleib-zu-Haus«. Die Familie einfacher Landarbeiter und Gärtner hätte nicht besser charakterisiert werden können.

URSPRUNG DES VORNAMENS SAMWISE:

→ BAN *in der Hobbitsprache (Kurzform)*
→ BANAZIR *in der Hobbitsprache*
bedeutet »halb-weise« oder »simpel«
→ SAMWIS *im Altenglischen*
→ SAMWISE *im transliterierten Altenglisch*
→ SAMBA *im Westron*
→ SAM *im Westron (Kurzform)*
→ SAM *im Englischen (Kurzform)*

Der Familienname GAMGEE ist ein *Wortspiel.*

URSPRUNG DES FAMILIENNAMENS GAMGEE:

GAMGEE ~ *Übersetzung in die Hobbitsprache von*
GALPSI ~ *Kurzform von* GALBASI ~ *bedeutet*
»aus dem Dorf GALABAS (GALIPSI)«
GALABAS, GALAB ~ *bedeutet »Spiel, Scherz, Spaß«*
→ BAS ~ *bedeutet »Dorf«*
→ GALEBAS
→ GAMWICH ~ *bedeutet »Spiel« und »Dorf«.*
Daher in der englischen Übersetzung:
Das Dorf GAMWICH *(ausgesprochen: Gämmidsch)*
verändert zu GAMMIDGY,
was zum Namen GAMGEE *führt*
GAMGEE → Spiel, Scherz, Spaß

Der »halb-weise« Samwise Gamgee ist das perfekte Pendant zu seinem Herrn, dem weisen Frodo Baggins. Der »simple« Sam Gamgee ist ein Gefährte, der jederzeit zu einem Spaß oder Scherz aufgelegt ist. Als die Gemeinschaft des Ringes ihre Aufgabe erfüllt hat, wird Samwise jedoch auf seine bescheidene Weise ebenfalls weise – durch seine Welterfahrung und seine tief verwurzelte Achtung vor dem Leben. Es ist nicht Frodo Baggins oder ein anderer Angehöriger seiner Familie, der eine Dynastie von Hobbits gründet, sondern Samwise Gamgee. Er ist es, der Bag End

erbt und der von allen respektierte Bürgermeister des Auenlands wird – ein lebendes Beispiel für den Bibelspruch, daß den Sanftmütigen die Welt gehören wird. Ohne Samwise Gamgees Mut und seine unerschütterliche Treue hätte Frodo Baggins nie die Schicksalsklüfte erreicht und den Einen Ring vernichtet. Seine größte Tat vollbrachte er, als er beherzt mit der Riesenspinne Kankra oder Shelob (altenglisch für »weibliche Spinne«) kämpfte, jenem Untier, das auf dem Paß von Cirith Ungol (elbisch für »Paß der Spinne«) in den Bergen von Mordor (elbisch für »Schwarzes Land«) auf der Lauer lag. Mit Hilfe der Phiole der Elbenkönigin Galadriel blendete er das Ungeheuer, bevor er es mit der Elbenklinge Sting tötete und so seinem Herrn das Leben rettete.

PEREGRIN TOOK UND MERIADOC BRANDYBUCK

Zwei andere wagemutige Hobbithelden, die sich im Ringkrieg auszeichneten, waren Meriadoc (Merry) Brandybuck und Peregrin (Pippin) Took. (Dem deutschen Leser sind die beiden Familien in der Schreibweise Brandybock und Tuk vertraut.) Beide stammten aus aristokratischen Hobbitfamilien: Merry war der Erbe des Master of Buckland und Pippin der Erbe des Thain of the Shire. Und beide trugen Namen, die ihrem Stand als fahrende Ritter angemessen waren. Sie waren Vettern und seit ihrer Kindheit mit Frodo Baggins befreundet. Um ihm ihre Liebe und Treue zu beweisen, schlossen sie sich der Gemeinschaft des Ringes an.

PEREGRIN (PIPPIN) TOOK
auch bekannt als Peregrin I., Zweiunddreißigster
Thain of the Shire.

PEREGRIN → PILGER

PEREGRIN *vom lateinischen* PELEGRINUS *(fremd)*
→ *zum altfranzösischen* PELEGRIN *(Wanderer)*
→ *zum mittelenglischen* PELEGRIN *(Reisender)*
→ *zum heutigen Englisch* PILGRIM

auch: PEREGRINE (ein kleiner Jagdfalke)

Anmerkung zum historischen Pippin: Pippin der Kleine war König der Franken und Gründer der karolingischen Dynastie. Er war außerdem der Vater Karls des Großen.

MERIADOC (MERRY) BRANDYBUCK
auch bekannt als
»der Prächtige«, Master of Buckland

Meriadoc ist ein alter keltischer Name. Ein Meriadoc war der Gründer des keltischen Königreichs Bretagne, und vier andere gehörten zu den keltischen Rittern am Hofe des legendären Königs Artus.

MERIADOC *ist eine Übersetzung des aus der Hobbitsprache stammenden* Kalimac.

MERRY *ist eine Übersetzung des aus der Hobbitsprache stammenden* Kali, *was »fröhlich« bedeutet.*

MERRY: *eine Variante von* »mercy« *im 17. Jahrhundert, was im Mittelenglischen die Bedeutung »fröhlich« hatte, während es als »myrige« im Altenglischen »angenehm« hieß. Seltsamerweise bedeutet das verwandte prähistorische deutsche Wort »murgjaz« »kurz«.*

Im Ringkrieg veranlaßten Merry und Pippin die Ents, den bösen Zauberer Sauron in Isengart anzugreifen, und die Hobbits nahmen am Marsch der Ents teil. Die Ents, die größte und stärkste Rasse auf Mittelerde, rissen die Mauern von Isengart mit ihren wurzelähnlichen Händen nieder und zerstörten das Reich des Zauberers Saruman.*

In der Schlacht auf den Pelennor-Feldern diente Merry dem König von Rohan, dessen Reiter den Belagerungsring um Gondor sprengten, als Knappe. An diesem Tag wurde er wahrlich zum Helden, als er zusammen mit der Schildmaid Eowyn den Hexenkönig von Morgul tötete.

In der letzten Auseinandersetzung mit dem Herrn der Ringe vor dem Schwarzen Tor von Mordor zeichnete sich auch Pippin als tapferer Kämpfer aus. Er trotzte den überwältigenden Kräften der Finsternis und tötete mit seinem Elbenschwert einen riesigen Troll.

*Bei diesem Abenteuer bekamen Merry und Pippin den sogenannten Ent-Trunk zu trinken, der ihr Wachstum stimulierte. Sie erreichten die beachtliche Größe von vier Fuß und sechs Zoll und waren damit die größten Hobbits, die es je gab.

XX. HOBBITS & RINGE

In DER HERR DER RINGE *erzählt uns der Zauberer Gandalf, der Eine Ring habe so etwas wie einen eigenen Willen, durch den er das, was mit ihm im Laufe seiner Geschichte geschehe, selbst bestimme. Gandalf zweifelte nicht daran, daß es der Ring war, der sich auf irgendeine geheimnisvolle Weise seinen Träger aussuchte, während er von einer Hand zur anderen wanderte.*

Wenn man das akzeptiert, drängt sich die Frage auf:

Was war an den HOBBITS,
das sie so attraktiv für den RING *machte?*

Die Antwort lautet, daß das Wort HOBBIT von Anfang an ein magnetisches Element besaß, das den Ring unwiderstehlich anzog und das damit verantwortlich für die zentrale Handlung und den dramatischen Höhepunkt des *Herrn der Ringe* war. Dieses Element ist das vieldeutigste unserer Hokuspokus-Wörter: HOB. In englischsprachigen Ländern wird das in der ganzen Welt bekannte Spiel, bei dem es gilt, einen flachen Eisenring über einen in der Erde steckenden Pflock zu werfen, als »Game of Hob« bezeichnet. (Pflock heißt englisch »hob«.) In Amerika wurden die Ringe durch Hufeisen ersetzt, doch handelt es sich im wesentlichen um das gleiche Spiel. In fast allen Kulturen der Welt gibt es Mythen und Märchen, in denen von Abenteuern berichtet wird, die Ritter, Schmiede oder Zauberer bestehen mußten, um einen Ring zu finden oder seiner Eigenschaften teilhaftig zu werden. Literaturwissenschaftler bezeichnen den mit der Suche verbundenen Aufgabenkomplex als »Ring-Quest«. Wie die einst blutigen Opferkulte, mit denen die Ankunft des Frühlings gefeiert wurde, sich – ritualisiert und gebändigt – im Tanz um den Maibaum oder dem Suchen nach Ostereiern wiederfinden, so reduzierten sich die titanischen Kämpfe, die die Helden einst beim Ring-Quest ausfochten, auf das harmlose »Game of Hob«.

Nur wenigen ist der Ursprung dieses Spiels heute noch bekannt, und so denkt kaum jemand darüber nach, daß er unbewußt die Abenteuer des Ring-Quests imitiert, wenn er Ringe oder Hufeisen über einen Pflock wirft. Seltsamerweise wurde der Ringkrieg bei Tolkien nicht durch das Töten eines Drachen, die Begegnung feindlicher Heere auf dem Schlachtfeld, die Belagerung einer Stadt oder den Zusammenbruch eines Reiches entschieden, sondern durch einen Ringkampf zwischen dem Hobbit und Gollum: der symbolischen und schicksalhaften Auseinandersetzung zwischen dem Hob und dem Goblin.

Im Handlungsverlauf des *Herrn der Ringe* weitete sich diese Auseinandersetzung buchstäblich von einem Ende der Welt zum anderen aus; denn Frodo Baggins' Quest begann auf einem sanften Hügel im Auenland und endete am Höllenschlund des steil aufragenden Schicksalbergs in Mordor. Hier kämpfte Smeagol Gollum mit Frodo Baggins um den Einen Ring. In den Feuern des Schicksalsbergs war der Eine Ring einst geschmiedet worden, und nur in diesen Feuern konnte er zerstört werden. Es gehört zur Ironie der Geschichte, daß der gute Hobbit den Ring nicht ohne den bösen Gollum hätte vernichten können. Die Macht des Ringes war zu stark; aber im entscheidenden Augenblick griff Gollum den Hobbit an und biß Frodos Ringfinger ab. Dabei verlor er den Halt, rutschte ab und fand sein Schicksal in den feurigen Abgründen des Berges, der ihm buchstäblich zum Verhängnis wurde. Mit der Vernichtung des Einen Ringes endete der Ringkrieg, verlor der Herr der Ringe für immer seine Macht.

War es wirklich das HOB in HOBBIT, das die Ringe und die Hobbits zusammenbrachte?

Hat das »Game of Hob« den Handlungsverlauf des Romans *Der Herr der Ringe* bestimmt? Oder war der

ganze Roman nur erfunden worden, um den Ursprung des »Game of Hob« zu erklären? Die Vorstellung ist so bizarr und hobbitistisch, daß wir selbst Tolkien eine solche Absicht nicht unterstellen können. Aber wer weiß?

Professor Tolkien liebte es, mit Worten zu spielen. Vielleicht lehnt er sich jetzt in einer anderen Welt bequem zurück, bläst Rauchringe in die Luft und lächelt bei dem Gedanken, uns eine weitere philologische Rätselfrage aufgegeben zu haben, dic wir nicht lösen können.

Möglicherweise gibt es jedoch eine andere Erklärung für die seltsamen Übereinstimmungen, die wir erkannt zu haben glauben. Die Sprache ist ein kollektiver kreativer Prozeß, der in ständiger Wechselwirkung mit dem kreativen Prozeß des Menschen steht, der sich dieser Sprache bedient. Das Ergebnis ist eine alchimistische Verbindung, die weit komplexer und weit intelligenter ist, als es eine einzelne Person je sein könnte. Wörter besitzen eine Resonanz und eine Bedeutung, die alles überschreitet, was der einzelne zu verstehen imstande ist.

> Die Wahrheit ist, daß Wörter – wie
> Zauberringe – so etwas wie einen eigenen
> Willen haben, durch den sie das,
> was im Laufe der Geschichte mit ihnen
> geschieht, selbst bestimmen.

Wörter haben die geheimnisvolle Kraft, die Welt zu gestalten und damit das Leben der Menschen zu verändern, die sie zu beherrschen glauben. Wörter sind älter und weiser als jedes Lebewesen. J. R. R. Tolkien wäre der erste gewesen, der zugegeben hätte, daß der *kleine Hobbit* von Anfang an alles in sich trug, sein eigenes Schicksal zu bestimmen.

Bibliographie
(Auswahl)

Carpenter, Humphrey, *Tolkien. Eine Biographie.* Hobbit Presse/Klett-Cotta, Stuttgart 1979

Day, David, *Tolkien. Eine Illustrierte Enzyklopädie.* Aus dem Englischen übertragen von Hans Heinrich Wellmann. RVG-Interbook Verlagsgesellschaft, Remseck 1992

Fonstad, Karen Wynn, *Historischer Atlas von Mittelerde.* Aus dem Amerikanischen von Hans J. Schütz. Hobbit Presse/Klett-Cotta, Stuttgart 1985

Hammond, Wayne G./Scull, Christina, *J. R. R. Tolkien – Der Künstler.* Aus dem Englischen von Hans J. Schütz. Hobbit Presse/Klett-Cotta, Stuttgart 1996

Krege, Wolfgang, *Handbuch der Weisen von Mittelerde.* Hobbit Presse/Klett-Cotta, Stuttgart 1996

Strachey, Barbara, *Frodos Reisen: Der Atlas zu »Der Herr der Ringe«.* Aus dem Englischen von Joachim Calca. Hobbit Presse/Klett-Cotta, Stuttgart 1982

Tolkien, Christopher, *J. R. R. Tolkien. Das Silmarillon.* Aus dem Englischen von Wolfgang Krege. Hobbit Presse/Klett-Cotta, Stuttgart 1983

Tolkien, J. R. R., *Das Buch der Verschollenen Geschichten.* 2 Bde. Aus dem Englischen von Hans J. Schütz. Hobbit Presse/Klett-Cotta, Stuttgart 1986

Tolkien, J. R. R., *Der Herr der Ringe.* Bd. 1: *Die Gefährten.* Hobbit Presse/Klett-Cotta, Stuttgart 1969; Bd. 2: *Die zwei Türme*; Bd. 3: *Die Rückkehr des Königs.* Hobbit Presse/Klett-Cotta, Stuttgart 1970. Alle Bände aus dem Englischen von Margaret Carroux und E. M. von Freymann.

Tolkien, J. R. R., *Der kleine Hobbit.* Aus dem Englischen von Walter Scherf. Deutscher Taschenbuch Verlag, München 1974

Tolkien, J. R. R., *Die Abenteuer des Tom Bombadil und andere Gedichte aus dem Roten Buch.* Aus dem Englischen von Ebba-Margareta Freymann. Hobbit Presse/Klett-Cotta, Stuttgart 1984

Tolkien, J. R. R., *Fabelhafte Geschichten.* Aus dem Englischen von Margaret Carroux, Karl A. Klever, Angela Uthe-Spencker. Hobbit Presse/Klett-Cotta, Stuttgart 1975

Tolkien, J. R. R., *Gute Drachen sind rar. Drei Aufsätze.* Aus dem Englischen von Wolfgang Krege. Hobbit Presse/Klett-Cotta, Stuttgart 1984

Tolkien, J. R. R., *Nachrichten aus Mittelerde.* Aus dem Englischen übertragen von Hans J. Schütz. Hobbit Presse/Klett-Cotta, Stuttgart 1983

Der Diamant von Long Cleeve